小学館文庫

バタフライ・エフェクト

T県警警務部事件課

松嶋智左

小学館

バタフライ・エフェクト　T県警警務部事件課

主な登場人物

〈T県警本部警務部事件課〉
係長　明堂薫警部補
係長　阿波野千夜警部補
係長　塙香南子警部補
垣花太朗巡査部長
田中開巡査長
道下映見巡査
県警本部　警務部部長　郷田与一郎警視正
県警本部　警務部監察課課長　池尻泰人警視
県警本部　警務部広報課音楽隊　静谷朱里巡査長

〈大貫警察署地域課第一係〉
係長　持田恒人警部補
主任　村木博則巡査部長
主任　正岡靖之巡査部長
静谷永人巡査

〈九久見警察署刑事課〉
課長　藤堂一雄警部

〈連続窃盗事件被疑者〉
芦尾ナオ
上野水穂

第一章

1

　当直態勢に入ると、警察署内の不要な電灯は全て落とされる。ひと晩じゅう点《つ》いているのは一階受付フロアと階段の天井灯くらいだ。作業中の部屋から灯《あか》りのない廊下に出ると、目が慣れるまで少し時間がかかる。慣れないまま歩こうとするから、自然とゆっくりになる。

　四月一日、夜。

　大貫《おおぬき》警察署地域課第二係係長の生尾《いくお》は、トイレに行くため廊下をそろそろと歩いた。

　四階は地域課と会議室、階段を挟んだ向こうに生活安全課があるだけだから、部屋から漏れる灯りも心もとない。階段脇にあるトイレと給湯室も、誰かが使わない限り電灯は消えたままだ。

生尾はズボンのファスナーに手をかけたまま、右手に折れた。すぐに給湯室があり、その奥に女子トイレと男子トイレが並んでいる。手前の壁にあるスイッチに指をかけながら男性用のドアを押し開けた。

ふと妙な感じがした。

縦長に延びるトイレのなかがやけに暗いと思った。個室や朝顔が並んだ突き当たりに小窓があって、普段なら月明かりや駐車場灯で多少は白んで見える。それが今日に限って真っ暗だった。

灯りが点くのと、窓の手前になにか塞《ふさ》ぐものがあるのに気づいたのが同時だった。トイレのなかが明るく照らし出された。

生尾は頰《ほお》を膨《ふく》らまし、喉から溢《あふ》れ出そうになった息を堪《こら》えた。目をこれ以上ないくらいに広げ、崩れ落ちそうになる腰を壁に手をついて懸命に支える。

目の前に白いシャツとネクタイがあった。視線を少しずらすと紺のズボンのファスナー部分が変色しているのが見えた。両腕はだらりと垂れて、首が変な角度で曲がっている。

胃が重くなり、呼吸をしようと胸を上下させた途端、自分でもなにを叫んでいるかわからない声が迸《ほとばし》った。廊下へ転げ出ると、地域課に向かって大声を放った。

すぐにもう一人の二係の係長と地域総務の主任、そして生活安全課の当直員が顔を出した。暗いなかでも生尾が必死でトイレを指差す様だけはわかったようで、三人が駆け出した。

「首吊《くびつ》りだ」

その言葉を聞く前から走り出していた署員には、嫌な予感しかなかっただろう。だからドアを開けてトイレの中央、天井からぶら下がる男の姿を見て、一旦は息を呑《の》んだが、すぐに飛びついた。取りあえずその場に下ろす。生尾はそのまま部屋に戻って内線で一階に知らせ、救急車を手配させた。そして再びトイレに駆け戻る。横たわった男の周囲で三人が立ち尽くし、首を深く垂れているのを見て、思わず座り込みかけた。

「駄目か」

生尾の問いかけに二人が小さく首を振った。そのうちの一人である総務主任が、

「うちの静谷《しずたに》です」と告げた。二係じゃないな一係か、と問うと主任は頷《うなず》いた。

「はい、一係の静谷永人《えいと》巡査、二十四歳です。うちに来て丸二年、今日から三年目を迎える筈《はず》でした」

生尾は目を瞑《つぶ》り、拳を作ると額をなんども打った。やがて諦めたように口をへの字に結ぶと、「課長に連絡を入れる」といい置いて廊下を戻り始めた。

階段を駆け上ってくる足音が聞こえる。

ただごとでない気配が庁舎全体に満ちたが、なぜか人の声は少しも聞こえてこなかった。

2

ドアを開けると真っ暗だったのでスイッチを入れた。短い廊下が明るく照らされた。

リビングダイニングに入り、キッチン側の電気をまず点ける。流しの横に買ってきた惣菜《そうざい》を置き、コップにペットボトルの水を注《つ》いで一気に飲み干した。

手を洗い、コップを洗い、小さく息を吐きながらリビングへと移動する。ベージュのスプリングコートを脱ぎながら、二人掛けソファを回ってローテーブルのリモコンを手にしようと身を屈《かが》めたとき、ソファに人が横たわっているのを見て飛び退《すさ》った。勢い良く壁に背を打ちつけたせいで、一瞬、胸が詰まる。咄嗟《とっさ》に観葉植物などを置いているメタルラックのポールを握り締め、暗がりを凝視した。

そんな気配を感じたのか、人影は寝返りを打ちながら薄目を開けた。

「陸《りく》」

「あ、母さん」

同時に呟《つぶや》いたあと、黒い影は目をこすりながら上半身を起こし、明堂薫《みょうどうかおる》はポールから手を離してリビングの灯りを点けた。

陸はソファに座り直して欠伸《あくび》をひとつ放つと、「お帰り」といった。

「なんなのよ。びっくりするじゃない。来るなら来るっていっておいてよ」

薫はスプリングコートをラックにかけ直し、キューブ型のスツールに腰を下ろした。陸は、ベランダ側の壁に取り付けてあるエアコンを指差し、「なかをクリーニングして欲しいっていってたから、夕方に来て、やっておいた」という。

「ああ、そうだったの」

薫は立ち上がって、カーテンに寄りかかるようにして見上げる。そして、足下に古い型の掃除機のような機械とビニールのクロスが置いてあるのを見て、ありがとうと礼をいう。

「それで、そのまんま寝たの？　会社に戻らなくて大丈夫なの？」

「今日は休み。昨日、日曜出勤したからその代休。一度、会社に行って洗浄機を借りてきた。ちょっと休憩と思って横になったら、爆睡したわ」

ふうん、といいながら薫は二週間ぶりに会う息子の顔をしげしげ見る。

「なに？　ソファの跡がついてる？」と丸顔の焼けた肌をこする。鼻の下が薄墨を塗ったように見えるのは、朝から髭剃《ひげそ》りをしていないからだろう。

晩ご飯がまだだというので、薫は着替えて食事の支度を始めた。自分一人なら買ってきた惣菜で充分だったが、育ち盛りを過ぎたとはいえ三十男には全然足りない。手早く作ってダイニングテーブルに並べた。車だというのでアルコールはなしだ。薫は飲みたい気分だったが我慢する。

「今日、初出勤だったんだよね。異動したとこって本部だっけ」

陸は薫の仕事の形態や仕組みもそれなりに理解している。春の定期異動があったことも知っているから、その様子伺いをかねてやって来たのだろう。訊《き》きたそうにしているのを感じ、薫も他に大した話題がないから応じる。

「そう。警務部事件課ってところ」

「ふーん。県警本部は二度目じゃなかったっけ？　それって普通？」

「どうだろう。男性はともかく女性はそんなになんども本部へ異動したりしないと思うけど」

「なるほど。格差はまだ歴然とありますか」

「格差っていうか、人数の差よね。男性の方が圧倒的に多いんだから、本部の女性枠は自然、少ないものになる。今は女性も上を目指して、長く勤める人が多くなったから余計にね」

県警本部への異動はやはり栄転ということになる。もちろん認められたから異動になるのだが、それでもいつまでもそこにいられる訳ではない。特に、昇任したりするとどうしても一旦は外、つまり所轄に出なければならない。出ると誰か別の優秀な人材が替わって入る訳だから、戻る場所がなくなり、再び本部へという機会はなかなか巡ってこない。

「また戻ったってことは、母さんは優秀ってことだね。なんか手柄挙げた？」

大学に入るのと同時に家を出て、それからずっと一人暮らしをしている陸は、薫の仕事に理解はあってもさほど興味はないらしく、色々話してもすぐに忘れる。

「別に。所轄で、普通に平穏に交通規制の係長してました」

「でも前は刑事課にいただろ？　本部の」

「刑事課じゃなくて、生活安全部人身安全対策課。わたしがいたときは、違う名前だったけど」

「ああ、うん、それ。その経験を買われてってことじゃないの」

「もう十年以上前のことだけどね」

ウーロン茶のペットボトルを出してコップに注ぎ、一気に飲み干した。薫が今度の異動を喜んでいないことに、陸もようやく気づいて苦笑を浮かべる。そこに何年かいればまた異動できるんだろ？　と慰める言葉を遠慮がちに足した。

薫はコップを置いて、皿に残った野菜炒《いた》めをじっと見つめる。陸が慌ててかき寄せ自分の取り皿に入れた。

何年って、何年だろう。

五十六歳になる明堂薫の警察官人生は、あと残りどれほどなのか。六十五歳定年になれば九年はあることになる。そうなればひとつの部署に十年いるのは珍しいから、陸のいう通り、もう一度くらいは異動があるかもしれない。若《も》しくは、それまでに辞めてしまうか。

「ごめん、悪いけどわたしだけ飲ませてもらうわね」

薫は席を立ち、冷蔵庫から缶ビールを取り出し、その場でプルトップを引いた。ひと口飲んで、人差し指で唇を拭う。カウンターを挟んで、陸が優しい目を向けていた。

今朝は七時四十五分に自宅を出て、市の中心にある県警本部に向かった。前任署は電車を乗り継いで一時間かかったが、本部だと電車一本で三十分ほどあれば着く。

新しい部署は八階建ての四階にあり、隣は刑事部捜査課だ。警務部の部屋は本来五階だが、職掌上、この階に置かれたようだった。

警部補が三名。巡査部長一名、巡査長一名、巡査が一名。合計六名だ。事件課は警務部長直下の部署になり、課長などの上司がいない。警部補のなかでも最年長の薫が、実質の責任者となる。

県警本部において部長職は警視正だ。キャリアがほとんどだが、今春、薫らの異動の少し前、叩《たた》き上げの警視正が異例の抜擢《ばってき》でその任に就いた。ノンキャリが部長職へ異動するとなれば、定年前の花道に過ぎないことは誰もが知る。そんなこともあって、新設されたこの事件課なるものは単なる世間向けのアピール部署かと初めは疑った。とかく暗い話題の多い警察で、少しでもマスコミに受けるような施策をなすことが上層部において日々の課題となっている。

到着早々、部屋に荷物を置くと、警部補三名揃《そろ》って警務部長室へ着任の挨拶に出向いた。

警務部長は郷田与一郎《ごうだよいちろう》警視正。今年、六十歳。ふくよかな赤ら顔で、薄い茶色の髪にもみあげだけが真っ白になっている。合皮の椅子からはみ出そうなメタボの標本のような体躯《たいく》で、しきりとハンドタオルで汗を拭っていた。警務や公安畑を歩いてきた人で、大規模の所轄の署長を経てここに来た。温和で細かいことをいわない人だと聞いている。

年長の薫から、室内の敬礼をして挨拶した。

薫以外の二人も女性だ。女性の警部補ばかりというのは、弱者被害者の事案を積極的に扱う一面があるせいらしい。当日初めて挨拶を交わしたが、互いに知らない顔だった。

　薫と似た中肉中背で、ショートカットの髪に目鼻口全部が大きい童顔の女性が、阿波野千夜《あわのちや》警部補。たぶん四十代だろう。所轄の警務課の警務係長を七年務めたといった。

　もう一人は塙香南子《はなわかなこ》警部補で三十歳。青風寮《せいふう》から来たといっていたから独身だ。吊り気味の目、薄い唇で長い髪をうしろでまとめており、所轄の生安課少年係にいた。背が高く、一見細身だが柔剣道の特練以外にも、個人的に武術を習っているらしい。

　三人の女性を前にして、郷田警務部長はハンドタオルで額をひと拭いしていった。

『わたしの訓示はまあ、好きにやってくれ、だな』

　互いに戸惑うように視線を交わしていると、郷田は太い肩を揺らした。どうやら肩をすくめて見せたらしい。

『前の警務部長がキャリアでな、この部署は自分の実績を残そうと作ったものらしい。いうなれば置き土産だ。だから本音をいえば、わたしもどう切り回していいのかよくわからん。だいたい警務は他にやることが山積みだしな。加えて、わたしはどうせこの一年で終わる。だから、ま、とにかく頑張ってくれというしかない。表向きはどの部課も、うちに協力するようになっているということだから、その辺も、ま、適当に』

それだけいうと、太い手を払うようにして下がるように促す。三人は揃って敬礼をし、部長室をあとにしたのだった。

荷物の整理や各部署への挨拶回りなどがすんで、ようやく落ち着いたのが午後もずい分過ぎたころだった。仕事の段取りやこれからの業務について話し合い、退庁時間が迫ってきたのを見て、事件課の発足祝いと親交を深めるために飲み会をしないかと薫が声をかけた。

だが、断られた。一人や二人からではない。他の係長たちに加えて、若手の三人からまで行きたくないといわれた。

阿波野千夜が、大きな目を細めながら申し訳なさそうな表情を浮かべた。

『すみません、これから帰って晩ご飯の支度があるので。主人の職場の方が近いから、わたしより早く戻る筈なんです』

『ご主人も警官？』

ええ、といい、所轄の名を挙げ、住まいのある場所もいう。千夜は本部に異動になって通勤距離が遠くなったのだ。

『そう。今日だけでも駄目？』諦め悪く訊いてみた。千夜は目を瞬かせ、先の理由のときより強い口調でいった。

『娘が高校受験を控えて塾を新しく替えたばかりなんです。慣れるまではできるだけ家にいてやりたいから、すみませんが』

千夜の言葉を受けるように塙香南子も大きく頷いた。

『今どきは余りしないいんじゃないですか。職場で顔を合わすだけで充分ですし、終業後に飲み会なんて仕事の延長に他ならないですよ。そういう悪い慣習は改めつつあるのが現状だと思います』とはっきり釘《くぎ》を刺された。

薫は落ち込み、自分はもう古い人間なのかとつくづく考えさせられた。そうしてとぼとぼと一人で帰り、途中のスーパーで惣菜を買ってマンションに戻ったところに、陸が待っていてくれたのだった。

そんな話をすると、なるほどね、といって陸はウーロン茶を飲む。

「あなたのところもそんな感じ？」

「え？　ああ、飲み会とか？　うーん、仲のいいもん同士なら普通にするけど、上司と一緒のはなぁ」

「でも、最初なのよ。歓迎会みたいなものなのよ。これから頑張ろうってお互い発奮し合うためのものなのよ」

「そういうのが、駄目なんじゃないの。ウザイって思われる」

薫はがっくり肩を落とす。

「わたしはひと昔前のオヤジと同じだっていわれているみたい」

「そこまではいわないけど。まあ、おいおいでいいんじゃないの。異動したばかりだし、互いの気心もしれないし、まずは仕事に慣れることだよ」

警察とは縁のない息子に意見されたことに苦笑しつつ、薫はこんな風に話し合える楽しさで今日一日の疲れがほぐされてゆくのを感じた。互いの近況を話せるゆとりを持てるまでになれたことが嬉《うれ》しく思える。

夫と別れて、陸には辛《つら》い思いをさせた。父親とは時どき会っているらしい。そんな元夫のことも、話題のひとつとして素直に聞けるようになった。所轄の係長として長くない先を見据えながら、淡々とした日々を送る。もう以前のようにがむしゃらになることもないし、昇任しようという意欲もない。実直に、警察官としての使命を全うできればいいと願っていた。

そんなところにいきなり異動の辞令だ。

それも県警本部。部署名は、警務部事件課。

噂《うわさ》には聞いていた。部課を超え、自在に動き、制限や慣習に縛られることなく捜査、活動できる。最近の広域、広範囲に亘《わた》る事件の様相に対応してのものらしい。

異動の内示を知らされて、思わず上司である交通課長の前で咳《せ》き込んだ。また、新しい部署だ。十数年前なら血気盛んに意欲満々と受けただろうが、今は。

警察官であることやその任務を果たすことに一片の揺るぎも迷いもないが、果たして以前のような滾《たぎ》る気持ちを持てるだろうか。燃やせるだろうか。

陸が食器を洗うというのを断り、薫は席を立って流しで蛇口をひねる。そのとき着信音が聞こえ、すぐに水を止めた。リビングに置いたままのショルダーバッグから携帯を取り出す。表示には郷田とある。警務部長直々《じきじき》？　訝《いぶか》しく思いながらも耳に当てた。

今日、聞いたばかりの野太い声が、いきなり用件を持ち出した。明日、出勤次第顔を出すようにという。

「了解しました、朝一番に。他の係長にも周知しておきます、あの」

一拍置いて、なにかありましたか、と問うた。

目の端に、陸が洗い物を始めたのが見え、ごめんと片手を挙げる。陸が、親指を立てた。

「え。あ、すみません、聞き取れませんでした。所轄でなにが？」

――地域課員の首吊り自殺。

すっと目の前の照度が落ちた気がした。思わず天井を見て、変わらないのを確認する。

「そうですか。了解です。では、明日」

画面をぼんやり見つめていたので、陸がなにかいったのを聞き逃した。首を向けると、荷物を抱えて帰り支度をしている。ダイニングテーブルの上は綺麗《きれい》に片づいていた。

「急な仕事？　今から出かけるの？」

「ああ、ううん。明日、朝イチ」

「そう。じゃ、また」

薫の仕事のやり方に慣れているから、余計なことはなにも訊かない。

「ありがとう。陸」

なに？　と廊下の先で陸が振り返る。薫は無理に口元を弛《ゆる》め、「気をつけて」と声に出した。

3

翌日の火曜日、三人が揃って警務部長室から戻ると、薫が代表して部下に説明をした。

同じ警察官の死にそれぞれ沈痛な表情を見せたが、特に奥の席に座る女性が気になって声をかける。

「亡くなったのは道下《みちした》と同期ね。知っている人？」

道下映見《えみ》は顔色を悪くしたまま、首を揺らした。

「いえ。同期ですがクラスは違っていましたので、口を利いたことはなかったと思います」

肩までの柔らかな髪をゆっくりかき上げた。拝命して丸二年。二十四歳の巡査だ。地域課を経て昨年秋に交通指導係に入り、そして今春、異動してきた。可愛《かわい》いというより幼い雰囲気のある女性警官だが、剣道の有段者で特練生をしていたという。

道下の隣の席に着く男性が、あの、と口を開いた。薫が顔を向けて、どうぞと促す。

「自殺で間違いないということですね。事件性はなし？」

垣花太朗《かきはなたろう》二十七歳、巡査部長。所轄では刑事課強行犯係だったから、この事件課では一番の適任者といえる。強行犯係になってまだ三年ほどらしいが、事案の多い所轄にいたせいか制服を着ていてもどこか刑事然としている。三人の部下のなかでは唯一の既婚者だ。

「正式な解剖所見は今日の午後に出るそうですが、本部鑑識の検視によれば首吊りに間違いないとのことです。争った跡も吉川線《よしかわせん》もないとあります」と阿波野千夜が答えながら、鑑識報告のコピーを差し出した。垣花は手元に書類を引き寄せ、睨《にら》むように目を通す。

「お訊きしてよろしいですか」

今度は、垣花の向かいに座る、がたいのいい男性が手を挙げた。塙香南子が、なに？　と訊く。

田中開《たなかかい》、二十六歳の巡査長で前任は機動隊員。スポーツ刈りに四角い顔、背が高く、太い首、厚い胸板と、ひと目で体育会系とわかる体つきだ。

「あの、お話によると亡くなった巡査の自殺について調べるとのことですが、こういった案件は同じ警務部のなかの、監察課が行うものではないんですか」

道下も、報告書を見ていた垣花も目を上げて、同意するように頷く。薫はちらりと千夜と香南子と目を合わせ、そのまま三人の部下に視線を戻した。

「郷田警務部長は、自殺の理由が万が一にも、勤務先における諸問題が因を成すものだった場合、今の監察課では、その、なんというのか妥当な調査で終わらせる可能性があると、そう危惧《きぐ》されている」

「つまり、パワハラや苛《いじ》めだった場合、公にしないよう取り計らうつもりだということですか？」と垣花がいった。

薫は否定も肯定もせず黙っている。三人はわかったという風に息を吐き、田中が更に訊く。

「今の監察課とはどういうことですか?」

所轄の巡査、巡査部長では本部の内情など、そう簡単には耳に入らない。薫が長年勤めるベテランで、本部に知り合いや男性同期が何人かいるため、こっそり耳打ちしてもらって得られた情報だった。そうして知った内容を千夜や香南子に伝えると、驚くというより呆《あき》れた表情で見返してきた。

今の監察課長は、池尻泰人《いけじりやすと》といって三十代のキャリア警視だ。噂によると上昇志向の強い人物らしい。キャリアの大先輩である本部長の意に沿うよう懸命に努めている。

今度のように巡査が署内で自殺した場合、当然マスコミに取り上げられる。更に所轄同僚らによるパワハラやセクハラ、苛めなどが原因となれば話は大きくなるし、職員への指導教育はどうなっているという話にもなるだろう。警察庁からも睨まれる。最終的にはそのときの本部長の失点となる。

忖度《そんたく》をしたがる池尻課長は、熱心にこの案件に取り組まない方が無難だと考えているらしい。階級は郷田よりも下で実質部下になるのだが、ノンキャリの警務部長のことなど眼中にないのが今の監察課長で、ひと筋縄ではいかない本部縦社会のよくある構図、というのが薫の耳に入ってきた噂だった。

郷田は、警務部長の権限で事件課扱いとした、とだけいった。そして、ハンドタオルで顔を覆いながら、『所轄で胡散臭《うさんくさ》いことがなければいいけどな』と呟いたのだ。慌てて薫が訊き返すとふいに思い出したように、『そうだ、遺族のフォローも頼んだからな。ま、以上だ。とにかく頑張ってくれ』というなり、太い手で三人の係長を払った。

薫は幹部同士の張り合い合戦に巻き込まれた気がして、そっと息を漏らした。そしてすぐに胸を張るようにして見回すと、「ともかく、調べるよう指示がきたのだからやりましょう。純然たる真相を手に入れる」と強い口調で告げた。

千夜も念押しするように、「これが事件課最初の案件です。心してかかりましょう、他に質問がなければ」といいさすと、道下が学生のように、はい、と手を挙げた。香南子がちょっと睨む。

「あのう、警部補はなんとお呼びしたらいいのでしょう。本部では係長が班長だそうですが」

薫と千夜が目を交わす。

県警本部でも所轄でも、警部補は係長だが、生安や捜査課では班長と呼ばれ、名前を取って○○班とすることがある。但し、同じ班長でも捜査一課だと警部で、ひとつ上の階級になるからややこしい。

「この事件課では、係長で。警務部長からもそのようにといわれています」といった。

ふいに、ああ、と香南子の納得するような声が聞こえた。どうしたのと訊くと、警務部長がなぜ遺族のことを口にしたのかと思ってと、書類を差し出す。

亡くなった警官、静谷永人二十四歳の身上票だ。薫が書類を受け取り、千夜が横から覗《のぞ》く。垣花らは、その様子をじっと見つめていた。

薫が肩を落とすようにして告げる。

「静谷永人の両親は既に他界。伯父夫婦に引き取られ、唯一いる肉親は、五つ歳上《としうえ》の姉、静谷朱里《しゅり》。朱里は現在、県警本部警務部広報課、音楽隊所属の巡査長」

薫の目の前に、一瞬、鮮やかな色彩が散ったような気がした。

4

発見時の様子を尋ねるため、薫と垣花は大貫警察署を訪れた。

千夜と田中のペアは、亡くなった静谷永人の身辺を調べるため独身寮を当たっている。二人は外部での調査だから、私服に着替えての行動となる。

香南子と道下は、永人の姉の朱里に聞き込みをかけにいった。二十代の女性だから、近い年齢の塙と道下がいいだろうと配慮したのだが、出がけの様子を見て、一抹の不安が湧いた。どちらも体育会系で、似た雰囲気だと思ったのだが、香南子は道下に対して一物《いちもつ》ある気がした。

二人揃って本部の別の階にある広報課へ向かおうとしていたときのことだ。

香南子が道下に、「そんなものは置いていきなさい」ときつい声でいった。何事かとみなが振り返る先で、道下はきょとんとした表情で、真っ赤なモレスキンの手帳にフリクションペン、派手なケースのスマホとＩＣレコーダーを両手に抱えていた。

薫と千夜は苦笑したが、道下は不思議そうな顔をしている。

「え。置いていく？　どれをですか」

「全部よ」

「え？　全部って、これ全部ですか。でも、聞き込みって普通、手帳とかペンとか要《い》りますよね」

「持つにしても、そういうものじゃない。なんでもいいって訳じゃないから」

「どこか変ですか」と口をすぼめた顔で見つめ返す。

「わからないのならいい。とにかくいう通りにして」と気短に切り上げるから、道下もさすがに色をなす。二人のあいだの空気が妙な具合になったのを察して、薫は早く行くよう促した。道下には、手元にある官品の小さい手帳を渡しながら背を押した。

拝命三年目で、地域と交通しか経験のない道下にいきなり聴き取りのようなことをしろという方が無理だ。三十歳という若さで警部補になるほど優秀な香南子なら、それくらいわかりそうなのにと気になった。もっとも、そんな香南子にけんもほろろの扱いを受けても、落ち込むどころか向きになって睨み返す道下も道下だ。なんとなく先が思いやられる。

「警務部事件課、明堂薫です」

大貫警察署地域課長は、椅子に座ったまま顎を引くようにして頷いた。

薫と垣花は室内の敬礼をとる。課長は席に着いたまま、生尾係長、と呼んだ。薫らの姿を見て、いずれ呼ばれるとわかっていたのだろう、生尾は既に上着を手にして立っていた。その後ろにも係長が二人、神妙な顔をして控えている。三人がぞろぞろ部屋を出、薫と垣花はあとをついて地域課員の待機室へと向かう。

大貫署には交番が九つあり、一箇所に二人配置されるとしても、十八人以上がひとつの係にはいることになる。待機室には長テーブルが十台あった。薫らが着いた十時過ぎには当務明けはとっくに帰っていて、日勤勤務員も受け持ち交番に出向いたあとだから部屋には誰もいない。

交番勤務において、午後から翌朝までの勤務のことを当務といい、朝から夕方までの勤務を日勤勤務という。当務が明けた日は午前中で帰宅でき、翌日は公休日か日勤勤務のどちらかになる。そのルーティンを三つの係で順番に繰り返す。

まず、第一発見者である生尾係長から話を聞く。薫らが訪ねる旨を連絡したので、明けで帰宅するところを退庁せずに待ってくれていた。生尾から聴き取ったものは概《おお》ね《む》警務部長から説明を受けた通りの話だった。

静谷永人が自殺を図った理由に心当たりはないかと訊くと、すぐさま首を振った。なにか他にないかと垣花に目を向ける。元強行犯係だった垣花は、「昨日、静谷巡査の一係は日勤ですよね。日勤者は夕方には退庁します。彼が居残っていたことはご存知でしたか」と訊いた。垣花を見て、生尾はまた首を振った。

「知らなかった。だいたい他の係の交番員のことまで気にかけていない。見かけたら気づいただろうが、声をかけるまではしない」

「庁舎内で見かけなかったということですね」

「そうだ」

「彼が親しくしていた人は？」

「知らない」

薫は頷き、礼を述べた。生尾は軽く会釈すると立ち上がって、年嵩《としかさ》の方の係長に椅子を譲った。

永人の直属の上司である一係の係長の一人で、持田恒人《もちだつねと》警部補だ。生尾よりも十歳年長で、定年まであと一年ちょっとという。細身で髪も黒々しているから年齢より若く見えそうなものだが、憔悴《しょうすい》しきった表情のせいで七十過ぎといってもおかしくない。額の皺《しわ》は深く刻まれ、目が赤く腫れていた。

同じような質問をしたが、弱々しく首を振るばかりだった。

「なにも気づかなかった。昨日の朝、待機室で顔を合わせたときも、多少、疲れた様子は見えたが、そんなことはみなにいえることだから、特に静谷がおかしいとは思わなかった」

永人と親しくしていた者を訊くと、さすがに何人かの名を挙げた。警察学校の同期が地域課の三係に一人いて、今日、公休を取っていると教えてくれる。

もう一人の係長は、前野光也《まえのみつや》警部補でまだ四十になったばかりだという。去年の秋に大貫に来て、僅《わず》か半年でこういう事件が起きたことに、哀《かな》しみよりは困惑の気持ちが勝っているようだった。持田と同じ話を繰り返しただけで、特に気になったことはなかったと述べた。

司法解剖から戻されると、遺体は葬儀会館に運ばれることになっている。永人は独身寮に住んでいたし、家族である姉もアパートに一人暮らしだから全て会館で執り行うことに決まった。持田と前野は午前中に一度、遺族に会いに出向いており、夜にはまた少し抜けさせてもらって通夜に出席するつもりだといった。課員はそれぞれ仕事に支障のないよう通夜か明日の葬儀に参列する手筈になっていた。

　薫は持田に向かって単刀直入に訊いた。

「係内だけに限らず、セクハラ、パワハラ、苛めに関するような出来事、またはそれを思わせるようなことはありませんでしたか」

　持田は顔色を変え、それでも当然ある質問とわかっていたような諦めの表情を浮かべて力なく首を振った。

「うちの係に限らず、地域課内でも署内でもそんなことはなかった、と思う」

　前野も生尾も何度も頷く。

「ですが、交番に入ったら課長や係長は実態を把握するのは難しいですよね。本署から離れたところにある小さな建物のなかまで幹部の目は届かない。勤務に就いた警察官だけしかいない、ある意味、密室ですよね」と垣花がいうと、持田は顔じゅうを歪《ゆが》めながら吐息を吐《つ》く。

「密室って、ドラマじゃあるまいし。そんなことをいちいち想像していたら、交番勤務なんか成り立たんだろうが。静谷と組んだ村木《むらき》はベテランで優秀な警官だ。たとえ指導の一環であれ、理不尽な真似《まね》をする人間ではない」

「村木？　村木博則《ひろのり》主任ですね。元取《もとどり》交番で静谷巡査とペアを組んでいた」

薫は手元の資料を見ながらいう。大貫署に赴任してからの簡単な履歴が書かれている。静谷永人は奥山《おくやま》交番を皮切りに、御園《みその》ケ丘《おか》交番に就き、去年の四月から元取交番だ。村木と共に働いて一年が経《た》つ。

「村木主任は今、交番ですか」

ああ、と持田は頷き、「だがな、明堂さん」と薫に目を向け、「こっちの若いのはともかく、お宅ならわかるだろう。今はわたしらが交番に就いていたころとは違う。昔のような人間関係ではないんだ」という。つまり部下に対し、手を上げたり、怒声をもって指導だと嘯《うそぶ》くような真似は厳に禁じているということだ。

そのことは充分理解しているつもりだ。それでも、と薫は、警察官人生を全うしようとしている警部補を見ていう。

「本署勤務の持田係長や前野係長に、交番員の行動を全て把握するのは無理ですよね」

前野はうな垂れ、持田は目を瞑って、やれやれという風に肩を揺らす。

「それはそうだ。誰にだってそんなことできる訳ない。ただな、自分の部下がどういう人間かくらいはわかる。朝出勤したときの様子や、日勤、当務から戻ってきた顔を毎日見ている。待機室で話しているのを眺めて声をかけることもする。多少、仲の悪い者同士はいても、苛めやパワハラまでするようなヤツはいない。わたしはそう信じている。お宅もそうだよな、前野係長」

前野は、持田に促されて慌てて頷く。来て半年では、そこまでいいきる自信などないだろうが、ここは先輩である持田に追従するしかない。

薫はしばらく持田を見つめたあと、私生活はどうですか、と質問を変えた。

いっそう疲れたように肩を落とす。「個人のプライバシーには余り踏み込まないようにしている。冗談でも、彼女や家族のことを話題にすることはないな。まあ、ペアを組む相手にはするかもしれないが」

また村木が話題になった気がした。薫は最後に、永人の人となりを尋ねる。

「真面目な青年。その一言に尽きるな。静谷は警察という職務に誇りを抱いて懸命に働いていた。わたしには、あいつの欠点などひとつも浮かばない。どうして、あんな死に方を選んだのか、上司としての責任を痛感するのと同じくらいの悔しさがある。なんでひとこと相談してくれなかったのか、どうして静谷の異変にわたしは気づけなかったのか、わたしは」

いい終わらないまま持田はぐっと喉の奥を鳴らし、拳を目頭に強く押し当てた。頬に涙が一滴流れ落ちた。

薫と垣花は立ち上がって、礼をいう。生尾が持田の肩を抱えるようにし、その後ろを前野がついて部屋を出て行った。

結局、地域課では自殺の原因に結びつきそうな話はひとつも聞けなかった。元々、上司からまともな話が聞けるとは思っていない。地域課をあとにすると、警務課を通じて署長に許可を取り、署内の各課を回った。永人と親しくしていた、若しくは最近話をした者らから順次聴取し、それが終わると永人の受け持ちであった交番に向かうことにする。昼にかかりそうなので、先に本署で食事を摂《と》ることにした。一階、廊下の端に職員用の食堂がある。数人が既に定食を頬張っていた。隅のテーブルに腰を下ろし、薫と垣花は向き合うようにして食事をした。どこの所轄でもそうだが、安くてボリュームはあるものの、いかんせん味は今ひとつだ。薫は無理に喉に押し流すが、向かいの垣花は慣れているのか満足そうにせっせと箸を運ぶ。そういえば垣花は妻帯者だった筈だが、刑事をしていたなら家で食事をすることは余りなかったのかもしれない。おいしい？　と訊くと、はいと素直に返事する。刑事に限らず、警察官の妻は色々な苦労や気遣いをさせられることだろう。自分は一般企業の男性と結婚していたから、そういうのを知らない。

ふいに華やいだ声がした。振り向くと、地味なスーツながら明るい笑みを浮かべた若い女性が、テーブルに着いて職員と話をしている。さっと視線を滑らせ、手元に保険会社の書類があるのを見て取った。

昼休憩になると保険会社の外交員が企業を訪問するのはよくあることで、警察でも昔から出入りがあった。警察には警察共済組合の保険があるが、それだけでは心もとないと民間の保険に加入するものは多い。新規の契約だけでなく、顧客と繫《つな》ぎを取り続けていることで保険の乗り替えもあるから、未《いま》だにこういった営業が続いているのだろう。保険料を入金する暇がないからと直接支払うのもいる。そうはいっても一般人なので、余り署内をウロウロされるのも困る。所轄警務課で把握し、出入りするにも許可を与えた会社だけと決めている筈だ。昔ほどルーズなことはなくなったし、昼休みのあいだだけと限定もしているだろう。

「以前は、地域課の待機室まで来てましたけどね」と垣花も気づいていう。

「今はもう？」と訊くと、肩をすくめ、「さすがに上の階までは駄目だという所轄が増えていると思いますよ。以前は、来るたびお菓子やグッズをくれたんですけど、それも問題になるというので止《や》めてもらったと聞いてます」

「そう」

きゃはは、と、また声が弾《はじ》けた。向かいに座る若い職員が、楽しそうに体を揺すっている。

「こういうのも、男が多い職場には大事なようです」

なるほど、と薫は思う。男性が圧倒的な割合を占める警察組織では、婚活が大きな課題にもなっている。女性警官が少ないから、職場結婚にあぶれた者は一般人のなかから相手を探すしかない。警察官というだけで毛嫌いされることもあるから、保険外交員のように警察に免疫のある女性は貴重なのだろう。

薫と垣花はトレイを返して、食堂を出る。昼食を摂りにくる若い警官らとすれ違うと、また華やいだ笑い声が聞こえた。

午後から車で管内の交番を目指した。

静谷永人が受け持っていたのは元取交番で、本署から車で十五分ほど走った住宅と工場が混在する地域にある。

車に乗り込むと、さっそく垣花が口を開いた。ハンドルを握りながら、「村木主任に注意を向けたがっている風にも取れましたね」という。

薫も頷き、「係長と交番主任、馬が合わないのはよくある話だけど」といいながら、手元の資料をめくる。

巡査部長の村木博則は四十二歳で、階級こそ持田の方が上だが、この大貫の地域課では六年目を迎える。一方の持田係長は、大貫署に来る前は別の所轄の地域課にいて、異動してまだ三年目。ただ年齢は五十八歳で、最初の赴任を入れても地域課だけで通算二十年にもなるから、地域部門においてはこちらの方がベテランだ。それ以外には、交通課や刑事課を経験したこともあった。

「交番での仕事はある意味、主任の采配に委《ゆだ》ねられる。あの小さな箱では交番主任が最高権力者で、本署にいることの多い係長は報告を受けるだけ。当然、色々な行き違いや考え方の相違も起きるでしょうけど」

「村木主任というのがどんな人物か、興味ありますね」

垣花がそう呟いて間もなく、元取交番が見えてきた。

薫と垣花が車から降りると、二階建てのなんの変哲もない建物の一階ガラス扉の向こうから活動服姿の男性が三人、立ったままこちらを見つめる姿があった。持田から連絡が入ったのだろう、三人は戸惑う風もなく挙手の敬礼を取った。

一番年長と思われる大柄な男性が薫の階級章にさっと目をやり、体ごと向いて名乗る。

「わたしは、一係の主任で村木博則といいます。この元取交番の主任で静谷と組んでおりました。今日は午前中、休みをいただいて葬儀場にいるご遺族に挨拶に出向き、今、配置に就いたところです」

「それじゃあ、持田係長と一緒に？」

「はい。こちらの二人は、そのあいだ駅前の交番から応援に来てくれていた同僚です」

薫が目を向けると、三十代と二十代前半と思われる二人は目を瞬かせて頷く。どちらも同僚の自殺という事態に顔色こそ悪くしているが、悼む気持ちよりも薫らが交番まで来て聴き取りをすることへの不審があるようだった。村木に至っては、気持ちを押し殺しているのかもしれないが、こちらが戸惑うほど淡々としている。

「奥で少し話を聞かせてもらえますか」

交番の一階には、市民らが入ることのできる受付スペースがあり、奥の扉の向こうに休憩室がある。二階は仮眠室になっていて、日中は余り使うことがない。

村木と薫と垣花の三人が休憩室に入り、応援の二人は表のスペースで通常の業務を始める。

まずは永人の性格や勤務態度などを尋ねた。永人と共に元取交番に就くようになったのはちょうど一年前の四月からで、それまでは駅前の交番にいたとさくさく述べる。

永人の方は、赴任してすぐは奥山交番という半分が農家というエリアを受け持ち、半年ほどして配置換えとなっていた。その後、御園ヶ丘交番に移り、去年の春から元取に就いた。

「静谷巡査のことは赴任したときからご存知ですね」

「ええ、もちろん同じ係ですから。一緒にペアを組むようになったのは去年からですが、赴任当時は他の主任と共に地域課勤務における指導教育を任されておりました」

パイプ椅子に座って背筋を伸ばし、両手は膝の上で拳にして置いている。活動帽を脱いだため、四角い顔立ちがはっきりとわかる。太い眉の下には意志の強そうな二重の目があった。立派な体軀に太い手指、大きな耳が潰《つぶ》れているのが見えて、柔道の練達者であることがわかる。ある意味、持田係長とは対極に位置するタイプだ。

こんな人物から強い言葉を投げられたら、大概の人間はそれだけで身をすくめるだろう。薫は静谷永人の姿を思い返していた。

写真で見た限り、村木とは正反対のタイプの人間に思えた。身長一七三センチ体重六五キロというから、やせ細っているという訳ではない。面長《おもなが》の顔にある両目は少し垂れ気味で小動物のような愛らしさを醸していた。鼻筋が通り、唇に厚みがあるせいか柔和な印象を生む。頑丈さを求められる警察官も、今ではこういう雰囲気の新人が多く入ってきている。そんな永人と目の前にいる少し古いタイプの、いかにも警察官という村木が共に勤務していた。村木は新人指導も兼ねていたから、ときに厳しい叱責もあっただろう。多少手荒な行為もあったかもしれない。

そんなことを思いながら手元の手帳から視線を上げると、村木の目とぶつかった。こちらが問う前に、すっと背筋を伸ばし、強い口調でいう。

「パワハラなどしておりません、といったところで、証明するのは困難かと思いますので、どうぞ存分に納得されるまで調べてください。お訊きになりたいことには、いつでもなんでもお答えします」

薫が、わかりましたと頷くと、横から垣花が、いいですか、と声をかけてきた。

「村木主任は、静谷巡査は警察官に向いているとお考えでしたか。赴任した当時は指導教育に当たり、ここ一年はペアを組んでおられた。そんな主任ですから、きっとなにかしら思うところはおありだったと思いますが」

村木はすっと目を細めて垣花を見つめ、吐息を吐くように顎を引いた。

「静谷は、良い警官を目指して頑張っておりました。そうなれるよう導くのがわたしの務めでした。それがこんな結果になった以上、わたしの指導に落ち度があったといわざるを得ない。そして、警察官としての責務を果たさなかった静谷もまた、この職にふさわしい人間ではなかったといえると思います」

垣花がむっとした顔で、そういうことじゃないと前のめりになるのを薫は止めた。ひと通り話を聞き、最後に自殺の原因に心当たりはないかと問うたが、黙って首を振った。

「わかりました。職務中にご協力いただいてありがとうございます」

村木は椅子から立ち上がって挨拶をし、活動帽を被《かぶ》りながら表へのドアを開ける。その背に向かって薫は、「遺書はどこにもなかったそうですよ」と告げた。振り返った四角い顔に目を当てながら、大貫署にある永人の個人ロッカーにも、寮の部屋にも私物の携帯電話やパソコンにもそれらしいものはなにひとつ見つからなかったというと、村木は無表情に、そうですか、とだけ答えた。垣花が意地悪く、ほっとしましたか、というとそれにも村木は簡単に、いえ、とだけ返した。

表のスペースでは、二人の警官が明らかに緊張した様子で佇立《ちょりつ》していた。

二人からも順次聴取したが、特別なことはなにも聞けなかった。静谷永人とは自死する日の夕方、勤務を終えて本署に戻ったときに顔を合わせたが、いつもと変わった様子はなかったといった。その日は日勤で、署の朝礼を終えて十時前に交番に行き、夕方五時過ぎに本署に戻る。そのあと三々五々となるが、仲のいい者同士飲みに行ったり、若い巡査はカラオケやゲームセンターに行ったりもする。永人が署に残っていたことは誰も気づかなかったらしい。

それからも垣花の運転で、他の交番を次々と回っては、勤務する一係の人間に聴き取りをした。全てを終えるころには日も暮れきっていた。

車のなかで他のメンバーらから連絡を受ける。

詳しい内容は翌日、本部の事件課で聞くことにし、今夜の通夜に参列する香南子、田中、道下らと待ち合わせの場所を決めた。千夜は今日、娘の塾の面談があるとかで、すみませんが、と大して申し訳なくもなさそうな断りを入れて退庁した。

5

午後七時、通夜が執り行われた。

亡くなった状況が状況なだけに、警察葬を行う訳にはいかない。参列者のほとんどが警察官であるが制服姿は一人もなかった。

祭壇にある遺影も制服姿でないことに寂しさを感じながら、事件課メンバーは順番に焼香をすませる。

薫の番が来てそっと手を合わせ、しばらく遺影を見つめたあと親族席に座る静谷朱里の方へと向きを変えた。音楽隊で大きな旗を振り回しているだけあって均整の取れた体つきをしている。陰を帯びてはいるが目鼻立ちのはっきりした綺麗な女性であることがわかる。囁《ささや》くようにお悔やみをいうと、思いがけず強い視線を向けられた。泣いた跡もなく、薄い化粧をほどこし、黒い服に身を包む朱里は、薫が部屋を出るまでずっと目で追ってきた。そうと思えるほど、強い気配だった。

朱里の隣には年配の夫婦の姿があった。恐らく朱里、永人姉弟《きょうだい》を引き取った伯父夫婦だろう。二人とも憔悴しきっていて、特に女性の方は紙のように白い顔を人形のように上げ下げしていた。

会館の前庭にある大きな楠《くすのき》の陰に、事件課のメンバーが顔を寄せ合った。参列者に視線を配りながら、朱里に聞き込みをした香南子らから話をひと通り聞く。

香南子と道下は、本部の広報課で朱里の上司から話を聞いたあと、私服に着替え、葬儀場へと向かった。

会場のひとつに既に祭壇は設けられ、白い棺《ひつぎ》が安置されていたという。香南子らは朱里を捜したが見つからず、葬儀社の人にも訊いて回り、ようやく会館裏のフェンスにもたれている喪服姿の女性を見つけた。手には缶ビールがあった。

隣にはテニススクールのコートがあり、会員らしき男女がダブルスでゲームをしていた。ボールを打ち返す小気味良い音に混じって、はしゃぐ声が響く。香南子は、じっとテニスを見やる朱里に声をかけ、身分を名乗り、悔やみの言葉を述べた。朱里は綺麗な室内の敬礼をし、わざわざすみません、といった。

『こんなときに申し訳ないんだけど、少しお話を聞かせてもらえません？』

『どうして事件課なんです？』

『は？』

朱里は缶ビールを飲み干すと片手で握り潰し、大きな目を向けた。そこに哀しみは元より、憤りも後悔もおよそ身内を失った者なら湛《たた》えるであろう憂いの色は見られなかった。そのことを不思議に思いながらも香南子は、『そういったことには答えられないの、悪いけど』といった。

朱里は小さく笑った。香南子と道下は思わず顔を見合わせる。

『ごめんなさい、どうせ本部上層部の思惑だろうなと思ったらちょっと笑えて。監察課長が本部長の子飼いだってことは、本部の人間ならみんな知っていることだし、つまらないこと訊きました』

それで、と朱里は背筋を伸ばし、喪服の上着の裾を引っ張ると、『訊きたいことってなんですか。なんでも訊いてください。お答えできることは余りないと思いますけど』と妙に明るい声でいい放った。

そこまで聞いて、薫は首を傾《かし》げた。

「姉弟の仲は良くなかったのかしら」

香南子は、印象ではそう感じましたけど、と慎重ないい方をした。

「実際、朱里は弟の永人とはここ一年近く会っていないといいました」

「同じ県警にいながら？」

ふーん、と薫は腕を組み、「でも同じ警察官という職を選んだのだから、少なくとも永人さんの方には姉を慕う気持ちがあったのじゃないかしら」と呟く。香南子はそれには応えず、朱里からは大した情報は得られなかったと、あからさまにがっかりした顔をした。

「永人さんの性格などは聞けましたけれど、自殺の動機にはまるで心当たりがないそうです。大貫署に赴任してからの話もほとんど聞いたことがない、親しくしている警官にも心当たりがないなど、ないない尽くしでしたね」

「わかった。朱里さんのことはまた改めて当たりましょう」

「あの」

顔を向けると道下映見が、膝上丈のスカート姿で遠慮がちに手を挙げている。

なに？　と問うと、「もしまた朱里さんに聴取をされるなら、音楽隊とはいわない方がいいみたいです」という。

「なぜ？」

「音楽隊はあくまで楽器隊などを含めた全体の呼称であって、朱里さんが所属するのはカラーガード隊だそうです。あの大きな旗を振り回すのは女性隊員だけだそうですし」

香南子が横から、「そんなどうでもいいことを」と口をくわっと開けるのを、薫がまあまあと抑える。

「確かにあれはカラーガード隊よね。わたし達はつい音楽隊とひとまとめにしちゃうけど」

「はい。わたし達が音楽隊といったら、目を吊り上げて、カラーガードですっ、といわれたので今後は気をつけた方がいいと思います」

香南子が尖《とが》った目を向けたが、道下は頓着していない。垣花と田中はそれを見て苦笑いを浮かべた。薫はふと気づいて訊き返す。

「怒ったってこと？　塙係長、これまでの話を聞く限り、朱里さんは弟さんがあんな亡くなり方をしたにも拘《かかわ》らず、動揺している素振りはなかったっていったわよね。それなのに呼び名のことで感情的になった？」

「え。ええ、まあ」急に薫が食いついてきたことに香南子は戸惑ったようだ。「感情的というほど大袈裟《おおげさ》なものではないですが、それまで淡々と話していたのが、ちょっと声が大きくなりましたね」

「そう。音楽隊、いやカラーガード隊か、あれに憧れる女性警官は多いものね。数が決まっているから、希望してもそう簡単には異動できないし。余程、思い入れがあるのかな」

「それはそうだと思います。わたしも憧れました。隊の女性らは異動するのが嫌で昇任試験も受けないって聞きますし、一応、本部勤務ですからエリート感ありますし。なにより、あのコスチュームが可愛いです」と道下が、通夜の式場であることを忘れたのか、にこにこしながらいう。香南子はもう知らん顔を決め込み、別の方を向いている。薫が、ふんふんと相手をする。

「コスチュームね」

カラーガード隊は、アイドルグループが着るような、白をベースに金ボタンや赤や青色などを配した上着をつけ、丈の短いスカート、白いブーツ、羽根を付けた衛兵隊のような帽子を被る。手に持つ旗も大中小様々なサイズがあり、デザインも違うので演技によって使い分けているようだ。大きいものだと縦九〇、横一三〇センチ前後あるらしい。楽器隊の演奏に合わせ、その旗を上下左右自在に振り回し、ときに放り投げて受け取り、バレリーナのように回転するなどアクロバティックな動きで、十名余がフォーメーションを作って演舞する。所属は本部広報課になるが、一日の半分は普通の業務に当たり、残り半分で訓練を行ったり出動したりする。

隊としての仕事は交通安全運動などの警察イベントを盛り上げることで、他にも警察以外の公的な行事や民間から要請があればドリル演奏などと一緒に出張る。

また年に一度、全国の音楽隊が集まって各隊の技量や芸術度を発表する大きな大会もあった。薫もカラーガード隊の演舞を一、二度見たことはあるが、そういった大会があることは最近まで知らなかった。

「それに加えて、今年の夏には海外遠征があるみたいですよ」

本部の広報課で聞いてきたらしい。

「世界各国の音楽隊とカラーガード隊が集結し、演舞を披露するんですって。その大会に、今年はうちの隊が日本代表として選ばれたそうです」

「え。そうなの？」これまた知らなかった。薫だけでなく、垣花や田中も、へぇという表情をする。

「それなら、うちのカラーガード隊は特に優秀だということでしょう。でも、そんな名誉な話、耳に入ってきてないわね」

薫が呟くと、香南子が腕を組みながら、顔だけこちらに向ける。

「そういうもんですよ。音楽隊にしてもカラーガード隊にしても、国民に警察の存在をアピールすることで少しでも親近感を持ってもらうというのが目的ですから、本来の警察業務とは関係ないといえば関係ない。いうなれば宣伝担当。そんな風に思う人もいるから、警察内部で目立つ必要はないとする風潮があるんです。警察の仕事に重要も瑣末《さまつ》もないと思いますけどね」とまるで自分のことのように弁解し、不機嫌そうにいい募る。

大きなイベントに派遣されたときなどは各署にも通達されているし、警察内の冊子にも写真入りで載っていると更に付け加える。

「そうか。音楽隊とカラーガード隊をごっちゃにしている時点で、そんな風に見ているると思うわよね。朱里さんが怒るのも無理はない、気をつけるわ」

道下のように若く、憧れているものには特別な存在として目に映るだろうが、日々の業務に忙しくしている者らにしてみれば、暢気《のんき》に太鼓叩《たた》いて旗振ってと見えるのかもしれない。綺麗な格好をして、華やかな演技を完璧に行うのが彼らの仕事だが、そうなるまでには大変な訓練も続けてきたに違いないのに、と気の毒な気もした。

「だけど、自分の弟が死んだことよりも音楽隊やカラーガードの方に意識が向くっていうのはどうなんだか」と、田中が気にくわないという風に首を振る。

田中もまた訓練というものを重ねてきた人物だ。機動隊はなにかが起きたときこそ、その威力を発揮する。いつかかるかわからない出動要請のために、毎日訓練を行っているのだ。しかもそれは尋常な厳しさではない。災害救助やテロ、デモの暴徒化に備え、あらゆる場面を想定し、川に潜り、壁をよじ登り、息が止まるまで走り続ける。体力だけを命綱とする仕事をひたすら繰り返している。

彼らにすれば国民の命を守るという使命があるからこそ、耐えられ、続けられる職務であろうし、訓練だろう。そういう点では、やはり音楽隊らとは一線を画すともいえる。だからといって音楽隊ごときがという見方になってはならないが、同じ警察官でありながらそう思ってしまう人がいることは、自分を含めて認めざるを得ない。

「係長、来ました」

ふいに垣花が声を潜めて告げた。さすがに元刑事で、同じ服を着た人だかりのなかから目当ての人物をいち早く見つけ出す。

楠の陰から全員が視線を向けた。二十代から三十代までの男性グループだ。薫は上着のポケットからスマートホンを取り出し、取り込んでいた写真を見つめ、またグループに目をやる。

「駒田翔平《こまだしょうへい》、いますね」

薫も頷き、田中が動き出そうとするのを止めた。

「ひとまず、わたしと」といって視線を回し、道下で止めた。「同期だったわね」

道下は、はいと頷き、「クラスは違うので話はほとんどしたことはなかったですけど」と答える。

「わたしと道下で声をかける。塙係長らは、他の人を当たってもらえますか」

「わかりました」と香南子は素直に応じ、垣花と田中に目配せを送る。三人はそっと楠を離れ、焼香をすませた参列者へと向かった。その姿を見送り、薫は道下と会館の外で待つことにした。

見上げると空には青白い月がかかっていた。

6

テーブルの上にチキンの照り焼とポテトサラダ、ほうれん草のお浸しを置き、カウンターの上の時計に目をやった。今日は本屋に寄るから遅くなるといっていたが、駅に着いたとLINEが入ったのが七時半近く。もうそろそろと思ったとき、ドアホンが鳴った。駅から歩いて自宅マンションまで十二、三分ほどで、確認する必要もないが、一応、画面に目をやって玄関ドアのチェーンを外した。お帰りと招き入れて、阿波野千夜はダイニングルームへ戻った。

克彦《かつひこ》は寝室に入って着替え、手を洗ったあと夕刊に手を伸ばす。千夜はみそ汁を椀《わん》によそってテーブルに置いた。

「どうだった、面談」

椅子に腰を下ろすなり、新聞を広げながら克彦が尋ねる。冷蔵庫の前で肩をすくめてみせた。

「前のところと同じ。進路を訊かれて、真菜《まな》の成績と偏差値、合格するための努力の度合いとカリキュラムについてのあれこれ」

「ふうん。で、安城《あんじょう》女学院に合格できる確率は?」

「それも前と同じ。六割から七割。油断すると危ないそう。もっと確実にするため今年いっぱい気合を入れて頑張りましょうって」

克彦はみそ汁に口をつけ、箸でポテトサラダをつつきながら、真菜はそのまま塾？　と訊く。千夜は、グラスに冷たい水を入れると席に着いて頷いた。ひと口飲んで箸を取る。

面談を終えて塾の玄関先で別れるとき、千夜は晩ご飯を用意しておくと真菜にいった。学校が終わると家に戻っておやつを食べ、塾に行って九時前ごろ帰宅して軽く食事を摂る。そういうパターンを中学二年になってから続けてきた。それが最近、途中で食べたといって、帰宅するなり風呂に入って自室に籠《こも》るようになった。どうしてそんなことをするのかと尋ね、外食は体に良くないから家で食べろと何度もいったが、結局、口を利かなくなっただけだった。

今年の三月まで通った塾は週に三日で、自宅から少し距離があった。一人で夜帰らせる訳にはいかないから、余程のことがない限り、千夜か克彦が車で迎えに行くようにしていた。だが、食事のことでもめてから少ししたころ、いきなり塾を替えたいといい出したのだ。理由はいわない。

新しい塾が駅前にあって、帰り道も暗くなく、歩いて自宅に戻れる距離だとわかって、もしかしたら車に二人きりでいるのが苦痛だからかと邪推した。訊いてみたが、これも答えない。千夜は落ち込んだ。中学生にはよくあることだと、友人や知り合いからも笑われたが、どうして急にそんな風になったのか気になった。自分のなにかが真菜の気持ちを傷つけたのか、それとも学校か前の塾でなにかあったのか、あれこれ考えては独り悶々《もんもん》とした。

今日は塾の最初の三者面談だというので、千夜は薫に無理をいって帰らせてもらった。真菜は先生の前では大人しく、ごく普通に受け答えしていたが、ひとたび部屋を出ると幼い顔を硬くした。『晩ご飯は真菜の好きなチキンよ』と呼びかけたが、いらないといって教室へと向かったのだった。返事があるだけマシだと思うようにした。

そのことをいうと、克彦はご飯茶碗《ぢゃわん》に目を落としながら、「いいじゃないか。高校に受かったらまた変わるよ。女の子ってそういうもんじゃないの」と相変わらずの反応だ。それより、と目を上げ、箸を振り回しながら、「どうなの？　例の巡査の件は」と訊いてきた。

克彦も警察官だ。いわゆる職場結婚。地域や警務などを経験し、今は所轄の交通課交通規制係の主任をしている。階級は巡査部長で、千夜の方がひとつ上になる。千夜も克彦もそういうことには頓着しないし、家事も子育ても夫婦二人で、どちらか手の空いている方がやればいいと割りきっている。

今春、千夜が県警本部に異動になり、それも新しい部署ということでこれから克彦の負担が大きくなる可能性があった。異動内示を受けた日、そのことを伝えると克彦は、なにを今さらという風に笑った。規制係は概ね定時で帰れる部署だし、同僚も理解があるから問題ないといった。千夜は、一旦は胸を撫《な》でおろしたが、それが逆に大きな憂慮になることに気づく羽目となった。

千夜は事件について、簡単に進捗具合だけ話した。同じ警察官だから、多くを話さなくてもわかってくれる。そういうところは同じ仕事で良かったと思うが、ときに色々意見をいわれることもあり、ありがたいときもあれば鬱陶《うっとう》しいときもある。今は後者だった。

夫は通夜に行かなかったことをまるで自分の失態のように残念がった。そんなことなら、真菜の面談には自分が行ったのにとまでいわれて、千夜は思わず音を立てて箸を置いた。

「ねえ、あなた」

「なに？」と夫が口をもぐもぐさせて目を向ける。

「あれは」といって言葉尻を消した。克彦が待っているのを見て、目を伏せる。グラスに手を伸ばし、空《から》になっているのに気づいてペットボトルを取りに立ち上がった。グラスに注ぎながら克彦に背を向け、どういう風に切り出そうかと考える。

夫の阿波野克彦が、警察を辞めようとしている。そのことを知ったのは全くの偶然からだった。

半年前の秋の異動で、克彦は交通規制係へ移った。標識の設置、補修、免許の更新、交通切符の送致などを行う部署で、本人がいう通り、余り残業はない。定時に帰れるからと、あるときコーヒー教室なるものに申し込んできたといった。おいしくコーヒーを淹《い》れる方法からコーヒーについてのあれこれを学ぶ、いうなればカルチャースクールだ。楽しそうに通って、ときに土産だと珍しいコーヒー豆を持参しては飲ませてくれることに、千夜は単純に喜んでいた。

あるとき、克彦のスクールを覗いてみようと気まぐれに足を向けた。けれど、既に教室は終わっており、克彦の姿はなかった。居残っていた教室仲間らしい年配の男性に訊いてみると、ああ阿波野さんの奥さん、と親しげな笑みを浮かばせた。そして、克彦は約束があるからと急いで帰ったといった。

『約束ですか』千夜が不審な顔をしたのだろう、その男性は慌てて、『いや、いつもの不動産巡りだといってましたよ』といった。千夜はすぐに表情を戻した。ここで動揺した顔をすると、きっとこの男性は口を噤《つぐ》んでしまう、そう咄嗟に思ったのだ。案の定、男性はそのまま、いい物件はなかなかないですからね、と話を続けた。

そしてひと通り聞いて、別れの挨拶をするころにはすっかり、なにが起きようとしているのか想像できたのだった。

克彦は仕事を辞めて、コーヒーショップか喫茶店のようなものを開業しようとしている。もちろん、素人《しろうと》がそう簡単にできるものではない。どうやら、克彦は誰かと共同で開くことを考えており、今日も、その人物と一緒らしいことがわかった。

千夜は独り、茫然《ぼうぜん》としながら自宅までの道を辿《たど》った。

気づくとグラスのなかの水がいっぱいになっていた。

千夜は慌ててひと口飲む。ちゃんと訊かないと。そう思いながら、もうずい分経つ。

「ごちそうさま」

振り返ると克彦が席を立ち、食器を手にしながら流しへ回ってくる。冷蔵庫の前でペットボトルを握る千夜に、洗おうかと尋ねた。

「いい。わたしのが終わったら一緒に片づけるから」

「そう？　じゃ、置いとく」

「うん」

冷蔵庫に手をかける。リビングへ歩きかけた克彦が、「あ。さっきなにかいいかけてなかったっけ？」と振り返った。千夜は白い扉を開けて顔を隠す。

「ううん、なんでもない。明日は泊まり？」

「うん」ソファに身を沈めるのが見えた。リモコンを手にしてテレビに向き合う。

背もたれから飛び出る後頭部を見つめた。こんな大事な話を夫婦のあいだで隠し続けているべきではない。克彦は隠し事をして平気な男性ではないと思っている。それなら、どうして千夜に話してくれないのか、相談してくれないのか。

考えられることは、と思ったとき、夫の財布に見つけた一枚の名刺が目の奥に現れた。

『オオバ進学塾　講師　相模原《さがみはら》さつき』

真菜が前に通っていた塾だ。そこの講師の名刺を夫が持っていてもなんの不思議もない。千夜だって挨拶したことがある。迎えに行ったとき、偶然会って話をして、もらっただけかもしれない。けれどそうでないことはすぐに知れた。気になってそれからも何度かコーヒー教室を覗きに行った。帰宅するグループのなかに相模原さつきを見つけてそっとあとを尾《つ》けた。離れていても、声ははっきりと聞こえてきた。なかに耳の遠い男性がいるらしく、みなが気をつかって声を張っていたからだ。

『いい出物はありますか』

『不動産関係はじっくり探さないと』

そんな会話が続き、夫の名が出た。

『公務員だそうですから退職金が期待できますなぁ』

『いやいや、今や塾の先生の方が余程稼ぎがいい。でしょう?』

どっと笑いが弾けた。

『どちらにしても店は余裕を持って開かないとね。最初の数年は赤字だと先生もいってたから』

そこまで聞いてあとを尾けるのを止めた。というより一歩も動けなかった。なんだろう、と思った。克彦とあの相模原さつきという女性はなんなんだろう。どうして二人のあいだではコーヒーショップを開く話ができるのに、妻である自分にはできないのだろう。不思議な気持ちが千夜の体の隅々まで巡って、それからじりじり熱せられるように怒りが湧いてきた。今すぐ問い質《ただ》す。なにがなんでも話を全て聞かせてもらう。肩をいからせ、自宅へと駆け戻った。

マンションのエレベータをイライラしながら待って、玄関の鍵を開けてなかに入ったが誰もいなかった。克彦も真菜もいない。部屋は暗く冷えきっており、ただの容《い》れ物になっていた。廊下を照らす灯りだけ点けて、千夜は玄関の三和土《たたき》に蹲《うずくま》った。走り続けたので気分が悪い。汗がどっとあふれ出る。

ポケットに入れていたスマートホンが鳴った。同期の友人だとわかると、自然と応答していた。気楽な声で様子伺いする声を聞いたら、感情が高ぶって、泣き出してしまった。驚いた同期が問うのに答えてゆくうち、じょじょに気持ちが落ち着いてきた。

友人は軽率なことはしない方がいいと忠告してくれた。うっかり問い質したなら、千夜の危惧は現実になる恐れがあるという。問えば、克彦は回答しなくてはならない。夫の秘密は押せば出てくる。そうなれば、もう逃げられないし、千夜も覚悟を決めて当たらねばならない。少し冷静になって、じっくり考えてから行動するようにといった。

それから千夜はずっと冷静になろうと努力している。じっくり考えようと頑張っている。この問題を話し合える、そのきっかけを待っている。そう自分自身にいい聞かせているうち、いつの間にか逃げている自分に気づく。

「明日は?」

ふいに訊かれて、千夜はびくっと顔を上げる。明日は葬儀じゃないのか、と尋ねているらしい。

「うん。わたしも行くことになると思う。そうだ喪服、出しておかなくちゃ」

「署長らも行くんだろうな。全く、やりきれない事案だよな」と、夫はしみじみとした声で呟いた。

テレビから大きな笑い声が聞こえ、それに合わせるように夫の肩が揺れる。その後ろを通って、喪服を置いている和室へと入る。リビングのガラス戸の向こうに月が見えた。

7

小さなコーヒーショップだった。

カウンター席と、奥にひとつテーブル席があるだけ。葬儀会館から駅へと向かう途中にある店で、閉店が午後十一時となっていた。なかに入ってみて、カウンターの後ろの壁にお酒のボトルが並んでいるのを見て、そうかと納得する。

駒田翔平をテーブル席の奥側に座らせ、向かいに薫と道下が着いた。他にお客はおらず、カウンターの向こうでマスターが一人、グラスを磨いている。

焼香を終えて会館を出てきたところで声をかけた。一緒にいたのは同じ地域課第三係の人間で、薫が名乗ると、ああ、という表情を浮かべた。三係は今日、公休日だったので恐らく全員参列すると思われた。明日は当務日だから葬儀には出られない。

そこにいた全員に同じ質問をし、永人のことで気づいたことはなにもないという答えを聞いたあと、駒田だけ誘った。永人の同期であることはみな知っているから、静かに挨拶をして別れた。

席に着くと駒田は、膝のあいだに両手を垂らし、視線をテーブルへと置いた。赤く腫れた目をして、手にハンカチを持っていたが、今はそれをポケットに突っ込んでいる。薫は短く残念だったと述べ、アプローチを変えながら色々訊き始める。駒田は訥々《とつとつ》と話し、わからないことには黙って首を傾げ、更に促すと決まって係が違うからと弁明した。

「でも、大貫署では唯一の同期ですよね。警察学校では同じクラス、出席番号も前後して近くにいた。同じ独身寮で、休みを合わせてドライブをしたこともあった」

昼間、阿波野千夜と田中が聴取してきた内容だった。係は違っても同じ独身寮だと顔を合わす機会は多い。同期だからといって必ずしも親しいとは限らないが、千夜が聞き及んだ限りでは、二人は仲が良かったという。どちらも出身は北の地方町で、駒田には父親がおらず、永人には両親がいない。これまでの暮らし向きや苦労したことも似ていたのだろう。同じ署に赴任できたことを喜び合っていたというのは、警察学校で聞いてきた話だった。

「なにか悩んでいる様子とか、思い詰めた感じなど気づきませんでしたか」

駒田は硬い表情で首を振る。薫は道下にそっと目で促した。道下はひとつ頷くと、テーブルに身を乗り出し、大きな目を駒田に注いだ。お久しぶり、と微笑《ほほえ》んでみせる。

「学校卒業以来ですよね。わたしのこと、覚えてる？」

駒田は視線を泳がせながらも、もちろん、とはっきり答える。

「わたしも。クラスが別だったから話をしたことはなかったけど、なんとなく覚えてる。いつも二人で歩いていたわよね」

駒田は黙っている。道下は恐らく適当にいったのだろうが、否定しないのだからやはり親しかったのだ。

「静谷さんに彼女はいなかったの？　学生時代からの人とかいたでしょ」

駒田は道下の顔を初めてまともに見つめた。年齢も同じで、クラスは違っていたが同期だ。学校で女子の数は十人にも満たないから、当然、目立っていただろう。加えて、香南子と違って、親しみやすさと柔らかな雰囲気を全身から醸している。

「確か、大学時代にはいたらしいけど、卒業したあと別れたって聞いた気がする。それからは、特には」

「なによ、合コンもしてないっていうの？　そんな訳ないわよね、あ、そうかマッチングアプリか」

駒田が面目ないように俯《うつむ》く。何人かと会ってデートもしたが、付き合い続けるところまではいっていないと答え、永人の方は一度試して、それっきり止めていたという。

「なんで。寮に帰って一人でなにすることがあったの。趣味とか？」

首を振る。

「じゃあ、なに、ひょっとして人にいえないことでもしてた？　人妻とか女子高生相手に」

ばっと顔を上げ、道下を睨みつける。その横顔に目を当て、すかさず薫が問うた。

「悩みがあったのね。だから、デートだ遊びだと浮かれる気分じゃなかった」

駒田に動揺が走って、薫は胸のうちで頷いた。仕事？　と更に訊くと、しまったという風に目を逸《そ》らす。それを見た道下が感情的な声を投げた。

「なんで隠すのよ。あなた、同期の親友があんな亡くなり方して、どうしてそんなことになったのか、気にならないの？　その原因を明らかにしようと思わない訳？」

剣道をしているだけあって、攻め込むことに躊躇《ためら》いがない。

テーブルで見えないが、駒田の両手が拳になって震えている気がする。

「もしかして明らかにしたくてもできないのかしら。職場に関することだから？誰かからプレッシャーをかけられているとか？」

薫が囁くように告げた言葉に、駒田は俯くことで応える。道下が胸を膨らませ、打ち込む間合いを詰めようとするのを止めた。

「静谷永人が遺書を残さなかったことに、彼なりの覚悟を感じるし、それは尊重すべきことかもしれない。だけど、だからといって、なにも知らないではすまされないと思う。もう二度と同じことを起こさせないためにもね」

「どうせ組織の体面のためでしょう」駒田が顔を上げて、唇を歪めた。道下がむっとした顔をする。

「我々が信用できない？」と薫が訊くと、そっぽを向いた。

「所轄の不祥事が表に出るからといって、今どき隠蔽《いんぺい》なんかすると思う？　隠したところで、誰かがネットに書き込むでしょう。あとでバレたときの方が組織の痛手としては大きい。警務部も、その辺を考えてわたし達を寄越《よこ》している」

「たとえそうでも、誰がチクったかわかったら、その人間も永人の二の舞になる。それがわかってて」そこまでいって駒田ははっと口を噤《つぐ》んだが、もう遅い。

「やっぱり、パワハラか苛めがあったのね」

口を引き結んだまま、目の下を痙攣《けいれん》させている。

「普通に考えるなら、勤務していた元取交番の同僚、先輩よね。一係の相棒は村木博則主任で、それ以外で一緒に就くこともあるのは三係」

道下が、三係の元取交番勤務は誰それと手帳を広げて告げる。駒田も三係だが、受け持ちは阿津田《あつだ》駅前交番だ。

駒田の表情を見ながら付け足した。

「なにも同僚だけに可能性があるってことはないわね。幹部とは毎日顔を合わすのだし、地域課の待機室で、集団で苛めがあった事案も過去にはあった」

なにもいわないし、表情に変化もない。薫と道下は思わず顔を見合わせた。なにか見落としていることはないかと、必死で頭を巡らせる。

元取交番で会った村木主任は、永人と一緒に組んで一年だといっていた。

「赴任してすぐのときは、静谷巡査は奥山交番だったわね」

微《かす》かだが、駒田の目が動いた。

「そこに半年いて、一昨年《おととし》の秋、別の交番に移った。そこも半年で替わり、翌春から元取。ねえ、交番を半年のサイクルで替わるというのは最近では普通なの？」

薫はあえて道下に問う。応じる道下も顔だけ薫に向け、横目で駒田を見ている。

「そんなことはないと思います。他の交番を経験するのは当然ですが、それでも赴任したては実習教育も兼ねていますから、概ね一年は同じ交番で務めるんじゃないですか。わたしもそうでした」

「じゃあ、二度も半年で移るというのは、なにか問題でもあったからかしら」

「調べてみます」

いいですよ、と駒田が諦めたように口を挟んだ。

「わざとらしいことしなくても話しますよ」

それで？　と道下が目を向ける。駒田はちらりとカウンターの奥にいるマスターを見やり、声を低くした。

駒田の話では、最初の配置先である奥山交番で静谷永人巡査は失態を犯したらしい。

現場に出て間もない巡査だ。数々の失敗や気づかないことを先輩らから戒《いまし》められ、教わりながら覚えてゆく。そのためにベテランの巡査部長が組んで、常時、つかず離れず一緒に仕事をするのだ。

永人と組んだ奥山交番の交番主任は、五十歳になる正岡靖之《まさおかやすゆき》巡査部長で厳しい人だった。警察の仕事にいい加減ですむものはなにひとつないのだから当然かもしれないが、最近は指導において厳しいばかりではいけないという風潮がある。昔は、指導の一環と勘違いした体罰めいたものもあったが、そういうのは禁じられている。それでも、そんな昔を知る人間と若者が入り混じっている職場だから、今も隠れてパワハラ、苛めのような体罰があるらしいと聞く。

二人が警らに出たとき、一時不停止した車を見つけた。永人と指導先輩である正岡主任が停《と》めて、永人が反則切符を切った。運転手は中年の男で、点数が溜《た》まっていたのだろう、酷《ひど》く抵抗し、いい合いとなった。それでもなんとか納得させ、署名させた。それから交番に戻って書類整理を始めたところ、永人の胸ポケットから件《くだん》の違反者の免許証が出てきたのだ。どうやら返すのを忘れたらしい。怒った正岡主任は、すぐに返してこいと永人を一人で行かせた。永人は住所地を訪ねてその違反者に面会し、免許証を返そうとしたが、そこでまたもめた。切符を切られたことで頭にきていた違反者は、永人の失態を逆手に取り、自分は免許証不携帯で車を運転していた、それはどうなるのだと開き直ったように詰め寄った。永人は困り果て、交番で待つ正岡に電話をして応援を頼んだ。だが、面倒なことになりそうだと感じたのか、自分で処理しろと突き放したらしい。

「それで？」と薫は促す。

駒田は、「説得するために、静谷は先に切った一時不停止をなかったことにしたんです」と唇を嚙《か》んだ。

道下は顔を歪めたが、なにもいわなかった。新米警官であったころ、自分にもなにかしら身に覚えがあるのだろう。だが、一度切った切符を正当な理由なくして不問に付すなどあってはならない。ましてや永人のしたことは、違反者からの脅迫に屈したのも同然だ。

「反則切符を独断で誤記として処理したことに、正岡主任からかなり執拗《しつよう》な叱責を受けたようです。おまけに、その違反者からは嫌がらせのように奥山交番の近くにきては再々、これみよがしの違反を、軽微なものですが繰り返されたそうです。それを咎《とが》めようとすると」

「切符をうやむやにしたことを逆に脅された？」

「はい。静谷は酷く落ち込みました」

なるほど、それで交番の移し替えか。薫は腕を組んで、口を引き結ぶ。

だが、それは一年半も前の話ではないか。まさか、それがずっと続いていたのだろうか。

いいえ、と駒田は首を振った。

「奥山交番から一旦は御園ヶ丘交番に移りました。けど、そこでついた別の主任から、その」

御園ヶ丘の主任は、奥山交番で永人を指導した正岡と親しかった。当然、その話は聞かされていただろうし、同時にパワハラめいた指導まで引き継いだようだった。

「それから今度は元取交番っていうこと？」

なんなのだろう、と薫は思う。大貫署の地域課幹部は、交番を替えれば、一緒に勤務する相手を替えれば、それですむと本気で考えているのだろうか。苛めやパワハラを問題にすれば、確かに幹部もただではすまない。それでも、自らの肉を削って膿《う》んだ悪癖を取り出さねばなにも解決したことにはならない。

薫が奉職して三十四年が経とうとしている。

勤め始めたころには、パワハラやセクハラなどという言葉すらなかった。女性警官の数が少なく、男性社会である警察内で差別が起きるのは当然で、女性は仕事においては男性に付随するものという考え方が当たり前にあった。それがじょじょに変化していった。女性の数は未だに少ない。仕事柄、それはしようのないことなのだ。けれど、時は経ち、考え方は変わる。

薫が仕事に打ち込むことができるようになったのは、そんな変革に後押しされたからでもある。家庭を持っているからと女性が遠慮しながら仕事をするのでなく、男性同様、やりがいのある仕事として、また責任ある地位を得るために奮闘し、一生懸命頑張る。男性が夢中になったことに、女性も夢中になった。

けれど、と薫は小さな石を飲み込む。そのせいで薫は大事なものを見失い、家庭を失った。

あれから十二年が経つ。

薫は当時、県警本部の生活安全部にいた。

ストーカー等対策室という、今の人身安全対策課の前身となる部署ができて、そこに抜擢《ばってき》された。それまでは本部でも所轄でも、そういった事案は防犯係が扱っていた。けれど、DVや虐待、ストーカー事件が増加し、更には凶悪犯罪へと繋がる傾向を鑑み、専門の部課を作ることが全国の警察で広がりつつあった。

薫のいる県警でも設置され、各署から警察官が集められた。張り切った。無我夢中だったといってもいい。四十代だった薫は警部補になったばかりで、若い部下を与えられ、上司と一緒になって盛り上げようと奮励した。所轄で起きたことを取りまとめて統計にするだけでなく、実際に署に出向いてひとつひとつ事案の確認をし、ときには応援もした。大きな事件には課員総出で当たった。残業や徹夜を意識する間もないほど、昼夜厭《いと》わず働いた。

薫の夫は一般企業に勤める人だった。同じ大学の先輩で、共通の友人を通して知り合い結婚した。すぐに息子の陸が生まれた。夫は警察のことはなにも知らなかったが、薫が働くことには理解があり、育児や家事への協力も惜しまなかった。夫婦揃って慌ただしいときを無我夢中で駆け抜け、ようやく陸に手がかからなくなったころだった。夫は夫婦の時間をゆっくり持ちたいと考えたのだ。

『旅行にでも行かないか』

けれど薫は、そのとき新しい事案を抱えていた。

『ごめん、これから忙しくなるの』

『たった二泊三日なんだよ。土日が入るから休みは一日取るだけなんだけど』

『駄目よ。警察に土日も祝日もないんだから。だいたい、そんな急に休みが取れる訳ないじゃない』

『他の誰かに替わってもらえないのか？　君、新しい部署に就いてから休みらしい休み取ってないだろう』

『そういう仕事じゃないのよ。シフトひとつ変えただけでも段取りが狂うし、そうなれば同僚だけでなく相手にも迷惑がかかる』

『相手？　被害者ってこと？』

『余計なこといわないで』思わず叩きつけるようにいっていた。苛立《いらだ》ちは治まらず、薫はなおも、『仕事のことは話せないし、口出ししてもらいたくない。旅行なら、誰か友達と行ったら』といって背を向けたのだ。

神経を使う業務だったから、家ではとにかく疲れを落としたかった。やがて夫は薫に対して、労《いた》わる言葉しかいわなくなった。気づくとそんな言葉さえも消えてしまっていた。

そして陸が大学に合格した日、夜遅く帰った薫は夫から離婚を切り出された。夫は正直に、会社の同僚である女性と付き合っているといった。しかも今、その女性は妊娠しており、結婚したいと思っていると。

家族で暮らしたマンションは売って、代わりに2LDKで暮らし始めた。息子は大学進学と同時に一人暮らしを始めた。一人になった薫は、不安と憤懣《ふんまん》で眠れぬ夜を過ごし、些細《ささい》なことに動揺し、感情が迸るようになった。久しぶりに会った陸が、夫に会い行き、その後の暮らしぶりを見てきたと知って自分でも訳がわからなくなるほど激した。高ぶりのまま責めて詰《なじ》った。陸は夫に似ている。いい訳じみたことはなにもいわず、じっと薫の気持ちが治まるのを待ってやがて、ごめん、もう会わないよ、といった。

青ざめた顔の陸の目には、哀しみとか憤りとかはなく、自分は酷いことをしてしまったという後悔に沈んだ色が映っていた。

薫はその晩、自分の愚かさに泣いた。責められるべきは自分の方なのに。

そんな不安定な状態で、仕事に影響が出ない訳はない。警察の仕事は半端な人間を必要とするところではない。直属の上司は慰めの言葉と共に異動の打診をしてきた。応じるしかなかった。

所轄に出ると、不思議なことに憑《つ》き物が落ちたように気持ちが平らかになった。バツイチとなったことで、独りで生きて死ぬという未来が透けて見えたからかもしれない。深く考えることは止めて、今はただ目の前にある仕事をこなそうと思った。表面的には以前と同じく熱心で、勤勉に務めた。

陸はそんな母親の変化になにかを感じたのか、離れて暮らしていても時折、様子を見にやって来た。薫がいなくても部屋に入れるようにと合鍵を渡すと、大きな笑みを浮かべて、ありがとうといってくれた。薫はその顔を見て、心の底から安堵《あんど》した。自分の気持ちに始末をつけ、陸というかけがえのない息子を二度と傷つけないと心に誓った。

「係長？」

横から声をかけられ、はっと意識を戻す。不思議そうな顔をする道下を見て、苦笑しかけた唇に力を入れた。長く現場を離れていたせいか、勘が戻っていない。緊張感が薄く、神経が弛みやすくなっていると改めて自覚した。これでは三年目の道下と変わらない、人を注意している場合じゃないと気合を入れる。

「元取交番に移った、のね？」

「でもそれからだって一年は経ちますよ」と道下が同意を求めるように見つめる。大きく頷くと、安心したようにまた駒田に向き合い、質問を続けた。

「ひょっとして、元取でも同じことがあったってことはないの？」

駒田は首を振り、「元取のことはよく知らない」という。

「なによ、寮で顔を合わすでしょ。お休みだってあるじゃない。いくらでも話せる機会はあった筈よ」

道下が睨みつけるのに、駒田も睨み返す。

「いくらこっちが声をかけても本人に話す気がなけりゃどうしようもないだろ。なんか悩んでいるみたいなのは気づいていたけど、訊いても大したことない、関係ないとしかいわないんだから」

「亡くなる直前の様子はどうでした？」

駒田は苛立った顔のまま、薫へと目を向け、首を振る。

「具合が良くない感じはありました。病院に行けといいましたけど、本人は大丈夫だというし。ただ」

「ただ？」

「元取に行ってからはちょっとマシになった気がしていたんです。それが今年に入ってからまたなんか様子が変になった感じはありました。気のせいかもしれませんが」

「奥山の件がらみとは思えないけど。また、新たな悩みが生じたのかしら」

「さあ」

薫は時計を見、テーブルの精算書を手に取った。駒田に時間を取らせた詫《わ》びをいって、道下とともども席を立った。

喫茶店を出て、駅に向かう駒田と別れた。薫らは葬儀会館に戻り、香南子らと合流する。歩き出したとき、ふいに駒田がなにかいった気がした。慌てて振り返ると、背を向けた駒田が顔だけ半分見せていた。声をかける前に早足で離れて行く。手にはまたハンカチが握られていた。

「なんていったの？」

道下に訊くと、首を傾げながら、「なんか、交番の見える、カメラ？　とか、なんとか」という。

「カメラ？」

「なんでしょうね。なんではっきりいわないのかな、男らしくない」と憤慨したように呟く。戻りましょう、と道下に声をかけようとしたとき、スマートホンが鳴った。

画面を見ると郷田警務部長からだった。慌てて応答すると、明日一番に係長全員で顔を出せといわれる。用件はと尋ねると、ふんと鼻息だけが聞こえた。自殺の件でなにか？　と更に問うと、別件といわれて切られた。

「はあ？　別件ですか？」

道下の甲高《かんだか》い声が、夜の人気《ひとけ》のない道に大きく響き渡った。

第二章

1

三人の女性係長は同じような表情を浮かべていたことだろう。互いの顔を見なくても容易に想像がつく。

水曜日の朝、向き合った執務机には、大きなお腹《なか》を持て余しながらハンドタオルを握り締める郷田の不貞腐《ふてくさ》れた顔があった。不機嫌になりたいのはこちらだ。薫が代表していう。

「静谷巡査の自死の件はどうするんですか」

「続けてもらう」

「それでは二つの案件を同時に、うちの事件課だけで調べろということですか」

「そうだ」

「部長、今伺った件は監察課でやってもいいことではないでしょうか」

「駄目だ。池尻課長は検事に根回ししようとしている。検察庁に出入りするなと止めたが、なにをするかわからん」

「ですが、これはもうヘタをすれば大変なことになりますよ。そうなれば監察が動かない訳にはいかないでしょうし」

「いずれそうなるにしても、真相は明らかにしなくてはいかん。どんなみっともないことであれ、全てを白日の下に晒《さら》す」

郷田のたるんだ頬がひくひく動くのを見ながら思う。ひょっとして、なにがなんでも警察の失態を露呈させ、キャリア連中に不快な思いをさせようという私憤ではないか。なぜそれほどキャリアに敵愾心《てきがいしん》を持つに至ったのか、知りたいような知りたくないような。

薫を含めた三人は同じように息を吐き、室内の敬礼をして部屋を辞した。

事件課に戻り、三人の部下に説明をする。一番に反応したのはやはり垣花だった。

「つまり誤認逮捕したってことですか。しかも、既に検察に送っている」

「誤認かどうかは、これから調べる。とにかく、これが資料よ」

薫が差し出す書類を垣花、田中、道下が手に取り、じっと睨む。

二月末ごろから、九久見《くくみ》警察署管轄内で連続窃盗事件が起きていた。九久見署刑事課盗犯係が捜査し、三月二十四日深夜にようやく被疑者を逮捕した。被疑者は芦《あし》尾《お》ナオと上野《うえの》水穂《みずほ》の女性二人組で、年齢は共に二十五歳。現在は無職。両名が素直に自白したため、取り調べを経て翌日送検された。それが三月二十五日。

検事の調べが始まってしばらくしてから、戸川《とがわ》警察署の刑事課に妙な問い合わせが入った。新聞の被疑者顔写真を見た一般市民からで、二人の女性が犯した窃盗のひとつが間違いではないかというものだった。

戸川署はまず、逮捕送検した九久見の刑事課に一報を入れたが、なぜか九久見は適当に受け答えしたあとなんらの返事も寄越さない。戸川署は確認した方がいいのではと考え、直接検察に尋ねてようやく発覚したものだった。

「小林《こばやし》鈴奈《すずな》三十一歳、戸川市在住の主婦。この女性が戸川警察署にわざわざ出向いて証言したんですね。芦尾、上野両名は三月二十一日の午後十一時二十分ごろ、九久見市田辺町三丁目にある桑田《くわた》塗装工場に侵入し、事務室にあった現金およそ十一万円を窃取した。いわゆる事務所荒らし。ところが、この同日同時刻、小林鈴奈が帰宅途中、戸川市牧野にある公園近くで暴漢に襲われているところをこの芦尾、上野の二人が助けた」

垣花は書類を指で弾きながら、続けていう。「この小林さんという主婦の証言は本当に間違いないんですか。夜遅いし、公園の側《そば》というけど灯りは充分にあったんでしょうか。おまけに痴漢に襲われ動顛《どうてん》していた。それでも、この芦尾と上野に間違いないと？」

千夜が席に着き、パソコンにDVDを入れながら説明する。

「動顛していたでしょうけど、芦尾らに危ないところを救われたことで話もしています。なにかお礼をしたいと小林さんがいったのを断られ、名前も訊かなかったけど、ちゃんと顔は見たと述べている。それに、この防犯カメラの映像」

三人の部下が、千夜の背後に回って画面を覗く。

薄暗い映像のなかに、公園の出口から出てくる二人の女性があった。

「捜査支援分析課で鮮明化してもらったのが、こっち」千夜が別の画面を出し、若い女性の顔を映し出した。垣花は手元にある窃盗犯二人の顔写真と見比べる。そして、書類で自分の腿《もも》を打ちつけると、ったくと吐き出すように呟いた。

田中も肩をすくめ、「九久見市と戸川市じゃ車でも一時間近くかかりますよ。十一時過ぎなら、もう九久見に行く電車もなかったんじゃないですか。これ、完全にアウトですよね」と他人事《ひとごと》のようにいう。

「なにより、この案件だけが誤認なのか。これ以外の案件はどうなのかって話なの」

ヘタをすると全てがひっくり返り、大問題になると香南子が冷静に告げ、薫は頭を抱えそうになるのをかろうじて抑える。

「九久見の刑事課へ行くことになるわ。先方が協力的だとはいわないけど、捜査方法や取り調べに問題がなかったか聞き出す。加えて二人の窃盗犯に再度、聴取する。どうして二人はやってもいない窃盗を認めたのか、そこに九久見の刑事課の違法捜査がなかったか」

千夜が付け足す。「検事には警務部長から話をつけてもらっています。勾留延長してもらう予定ですけど、起訴するまでいっぱいに粘ったとしてもあと十日しかありません。検事は、十日といわずすぐにでも事実関係を明らかにしろと大変な怒りようらしいです。とにかく急いだ方がいい案件ですね」

重苦しくなった空気のなか、薫の顔を見ながら垣花が戸惑うようにいう。

「確か、九久見の刑事課長は藤堂一雄《とうどうかずお》さんです」

それだけしかいわないのが、余計に胸に引っかかる。垣花に訊くと、渋々のように答えた。

「そうですね。刑事畑が長くて、これまで多くの手柄を挙げておられます。八年前のマンガ喫茶殺人事件とか五年前の郵便局員による自殺教唆《きょうさ》事件など、どれも藤堂さんが県警本部の捜査一課におられたときに解決されたものです」

捜査手腕もさることながら、取り調べにおいては正に緩急と剛柔を絵に描いたようで、これまで完落ちしなかった被疑者はいないと聞いています、と垣花は説明するほどに頬を赤くしてゆく。刑事として尊敬しているのはわかる。それなら余計にその藤堂のいる署でおかしな事態が起きたことに複雑な思いがあるだろう。薫はあえてその垣花に向かって指示する。「九久見への当たりは、阿波野係長と垣花でお願いします」

視線を左右に振って、「二人の窃盗犯の聴取は、塙係長と道下で、わたしと田中は、静谷の件を続けます」と告げた。瞬時に表情を歪めたのは、塙香南子と垣花だったが、薫は頓着なく席に着いてパソコンを閉じ、すぐに荷物をまとめ始める。昨日の聴取の際、広報課で静谷朱里と同じカラーガード隊の隊員と面談する約束を取りつけている。姉弟の関係性が事件に関わっているとは思えないが、朱里の余りにも冷めた態度が気にかかる。それが終わったら、午後からの葬儀に参列し、できれば本人からも話を聞きたいと思っていた。

香南子が私服に着替えて、さっそく道下の服装を舐《な》めるように見る。拘置所に出向くのだから制服でも構わないのだが、女性被疑者ということで私服に決めたようだ。香南子は上下黒のスーツだが、道下は春らしい薄いピンクのジャケットに白いパンツを合わせている。

千夜と垣花がパトカーで出る。九久見署まで本部からなら車で三十分もかからない。昼までに戻れるようなら、一緒に葬儀に行くことにした。

「どうしてそんな服を着てくるの」

「はい？」

道下が運転できないというので、香南子がマイカーを出し、運転している。拘置所まで十五分程度だ。事件の話をすべきなのかもしれないが、つい小言が出る。

「たとえ私服でも、警察官としてそれらしい服装があるでしょう」

「これ、変ですか？」

「ピンクって」

「そうですか。でも、黒やグレーのパンツスーツって、いかにもじゃないですか」

「いかにもでいいでしょう。警察官なんだから」

「いかにも警察官ってわかるのは良くないと思うんです、今どきは。張り込みとか却《かえ》って目立ちますし」

「今から行くのは事情聴取。しかも拘置所よ」

「拘置所だから陰気にするというのも単純過ぎません？」

ぎっと睨みつけると、すぐさま、係長、前を向いてください、といわれる。もう口を利くのもバカらしいと黙って運転に集中する。

道下映見にこんなに反発を覚えることが、自分でも妙だと香南子は思っている。相手は二つも階級の下の巡査で、年齢も二十四。拝命してまだ二年のヒヨコだ。それに比べ、自分は二十代で係長になり、三十歳になってすぐ県警本部に異動した。誰もが、出世コースだと励ましてくれた。このまま順調に行けば、最終的には署長か本部の課長、いや、ひょっとして本部の部長までいけるかもしれない。そのためには努力ももちろん必要だし、そこそこ目立つこともしなくてはならない。そういう意味では、新しくできたこの事件課は格好の場だ。ここできちんと仕事をこなし、犯人逮捕という手柄を挙げれば、次の警部試験で有利になる。異動があったとしても大きな所轄へと行けるだろう。ここで頑張れるかどうかが、将来に繋がるのだという意識があった。

そんな香南子と違って、この道下の暢気さはなんなんだと思う。本部の新設部署に異動したことの意味がわかっているのだろうか。二十四という若さで抜擢されたのだから、なにか特技があるのか、目立った活躍でもしたのかと思ったが、薫に訊いても知らないという。

剣道の特練生をしていたというが物腰は柔らかく、無駄に愛想を振りまく癖がある。そのせいか上司は元より、男性警官にも受けがいいようだ。わざとそう振る舞っているのなら女性警官としてあるまじき態度だと思うし、そうでないのならそれはそれで腹立たしい。

信号待ちする交差点で、行き交う人をぼんやり見つめた。

春になったせいか、確かに淡い色彩が多く見られる。子どもの服装もまるで花びらが開いたような可憐《かれん》さだ。ハンドルを握る腕の黒さが目についた。袖から出る手の甲は日に焼け、染みもある。

警察官になってから買った服は、黒や紺、グレーのスーツやジャケットばかりだ。制服仕事なら私服はどんなものでも気にすることないと思うかもしれないが、所轄の更衣室では女性の先輩や女性上司の目がある。地味でないと、あれこれいわれるのだ。そんな生活を八年も続けるとすっかり馴染《なじ》んでしまう。休みに友人と遊びに行くときも同じ格好だ。口さがない友は、暗い、地味だ、陰気だというが、仕事なのだからと開き直れるし、そんな自分も誇らしかった。

けれど、とふと思うときがある。大学時代に付き合っていた彼にふられて、それきり深い関係を持つ相手ができない。周囲に男性警官は多いが、付き合っても長続きしなかった。

あるとき、女性の上司が呟いた。男性と対等であるのは間違いではないけど、自分にだけしか見せない顔があるというのも男性にとっては大事なことみたいよ、と。

二十代後半になって、結婚どころか男性の気配すら見せないことを、上司なりに案じての言葉だったようだ。

女性らしくないということだろうか。香南子は思い、既婚者である大学時代の女友達に相談したこともある。

『結婚する気はあるの？　今は別に独りで生きるというのも普通にあることだし。なによりやりがいのある仕事をしているんだからさ』

改めて訊かれて、確かに仕事は好きだし、ずっと続けるつもりだと答えた。ただ、だからといって独り身を通そうと決めている訳でもない。

『なんだ。それなら、さっさと結婚しちゃいなさいよ。歳《とし》を重ねればそれだけ機会も少なくなるし、なにより役職が付いたり、仕事が忙しくなったりしたら余計に難しくなるわよ』

そういわれて合コンに行ったり、紹介してもらったりしたが、うまくいかない。友人が申し訳なさそうに教えてくれた。

『このあいだ紹介した人なんだけど、なにが駄目なのと訊いたら、あのね、香南子はなんとなく恐《こわ》いっていうの。それは警察って仕事をしているからでしょっていったのよ、そうしたら、それは理解できるけど二人だけのときでも仕事の顔を崩さないのがちょっとって』

仕事の顔？　と疑問符が浮かんだ。自分のことだけれど、よくわからない。友人は、ほら、そういうところ、と笑った。普通、女性なら男性からこんなことといわれたら哀しくなるでしょ、香南子は強過ぎるのよ。女性が強いのはいいことだけど、香南子は強過ぎる、といった。

強過ぎる。それのどこがいけないのだろう。

隣から鼻歌らしきものが聞こえて、ぎょっと振り向いた。道下が窓の向こうを眺めながら、肩を揺すっている。ハンドルを握る手に力が入るのを堪え、運転に集中しようといい聞かせた。

二十四歳のとき、自分はどうだったろうと考えてみた。所轄の地域課を経験したあと、二年後、別の所轄の交通指導係へと異動になった。毎日、街に出て、切符を切る仕事だ。交差点に立ち、笛を吹き、違反者を捕まえる。雪の日も、夏の日照りの下でも変わらず立ち続けた。少々、日焼け止めを塗ったくらいでは汗で流れて役に立たない。顔だけが黒く焼けて、他は白いから風呂に入るたび仮面をつけているようだと笑ったものだ。

そこまでは道下と同じだが、その後、巡査部長試験に合格し、所轄の生安課少年係へ異動となった。私服仕事で、十代の少年少女を相手に、道理の通らない苛立ちと怒りを抑えながら、懸命に声をかけ続けた。それにも拘らず、深みへと落ちてしまった子を見つけては己の不甲斐《ふがい》なさに悔し涙を呑んだりもした。バネのかたまりのような中高生を追いかけたりしなくてはならないからと、それまで柔剣道の特練生として訓練に励んでいたのに加え、更に合気道の道場にも通い始めた。休みには近くのボクシングジムで、サンドバッグを叩かせてもらっている。体力作りだけではない、合間を見つけては試験勉強にも励んだ。お陰《かげ》で三十前に警部補試験に合格し、事件課へ異動した。女性のなかでは早い昇任かもしれないが、それだけの努力はしてきたつもりだ。本部への抜擢も、それを認められたからだろう。

だが、道下映見は地域と交通の経験しかないまま、本部へと異動してきた。剣道は有段者らしいが、それ以外の特技はない。自分と引き比べるからかもしれないが、ずい分、要領良くきたものだと思う。それが、訳もなく道下を疎む理由だろうかと香南子は自問する。

「事案が二つに増えたから、しばらくは忙しいですよね。でも、たまには定時に帰ってもいいですよね」

いきなり道下が目を向けて訊いてきた。戸惑いながら、「それは、用事があるときはいいんじゃない。阿波野係長も、家庭の事情で昨日の通夜には出られなかったし」と答える。

「そういう理由じゃないと駄目ですか？」

「え。どういうこと？」

「うーん、たとえばデートとか、旅行とか」

「はあ？」

「今の彼と付き合い出してまだ二週間なんですよ。寂しがりで、LINEも頻繁に返さないと嫌がる人なんですよね」口をすぼめて子どものようにいい募る。「警察の仕事だっていっても、今どきは働き方改革が必要だからちゃんと休みもらえよ、なんていうんですよ。優しくて山﨑賢人似の、タイプど真ん中だから、チャラ女なんかに獲《と》られたくないし」

なぜ、道下と反りが合わないのかわかった気がする。自分にないものを持っているからだ。強い女に見せないで、強く生きようとする、その強《したた》かさだ。

香南子はすうと鼻から空気を吸い込み、怒声を上げようと口を開けかけたとき、暢気な声音に遮られた。

「あ〜、係長、その、その信号ですよぉ。それを曲がって、突き当たりの家です」

2

垣花は最初から硬くなっていた。

阿波野千夜が二階にある刑事課を目指して階段を上ると、足取り重く、ひとことも喋《しゃべ》らずついてきた。

九久見署刑事課のドアを叩き、なかに入るなり一斉に視線を向けられる。事前に訪ねることを伝えていたので、制服姿の千夜と垣花を見てすぐにそうと知れただろう。十人以上の捜査員が在席しているのに、しんと静まり返っている。近くにいる若い捜査員に声をかけようとしたとき、奥から太い声が聞こえた。垣花がさっと目をやり、すぐに頭を下げる。

刑事課の部屋の一番奥の席で、中肉中背の五十歳前後の男性が手招いている姿があった。千夜はすぐに駆け寄り、室内の敬礼をし、名刺を差し出す。

刑事課長藤堂一雄は、背格好や物腰だけ見れば中間管理職のサラリーマンだが、その目つきが尋常でない。同じ警官相手だから別に睨んでいる訳でもないだろうが、細い目のわりに大きな黒目が、まるで監視カメラのように無機質に光っている。

「事件課さんか。新しい部署の第一号案件がうちというこらしいが、それが名誉なことと喜べないのが辛いところだな」

千夜は黙って口元を微かに弛める。ヘタな感想などいって、気分を害されるきっかけにされてもいけない。すぐに用件を切り出すと、課長は存外に素直に頷いた。

「今は、調べもないから取調室を使ってもらってもいいが」

「いえ、先ほど警務課に行って向かいの小会議室をお借りする許可を得ましたので、そちらでさせていただきたいと思います」

「準備万端ってことか。じゃ、例の芦尾と上野を調べた刑事を小会議室に行かせよう」

「そのことですが課長、できましたら両名の窃盗案件に関わった全ての捜査員から事情を伺いたいと思っております」

「全て？」

「はい。ですから、こちらで順々に呼ばせていただきますので、ご協力を」

「待て。ふざけたことをいうな。そんなことをされたら、刑事課の仕事が回らんだろうが」

藤堂は千夜の言葉を遮り、睨みつけた。隣に立つ垣花が微かに仰《の》け反《ぞ》る気配を見せたが、千夜は丁寧に頭を下げる。

「会議室をお借りする際、差し出がましいことでしたが、警務課長を通して署長にその旨、お願いいたしました。今は、急ぎの案件がないので構わないとの許可をいただきました」

千夜はちらりと視線を横に振って、垣花を促す。慌てて頭を下げるのに合わせて、「ご協力お願いします」と一緒に声を出した。

少しの間があって、藤堂の笑いを含んだ低い声がした。

「なるほど。さすがは本部警務部さんだ。手回しがいい」

顔を上げた千夜を見返すことなく、藤堂はさっと隣へ視線を投げた。

「垣花とかいったな。前は強行犯とか。どこの」

「は」と垣花は姿勢を正す。「前職は加瀬《かせ》警察署の刑事課でした」

「加瀬か。あそこの刑事課長っていうと確か、井上太一《いのうえたいち》だったか。昔、一緒に傷害で組関係の男を追い詰めたことがあったな。井上ってのは恐いもの知らずだが機転の利かないところがあって、仕込むのに手間がかかった。垣花は強行犯だから、うちの窃盗案件など手ごたえないだろう」

「いえっ、そんなことはありません。自分は、ずっと藤堂課長のような刑事になることを目指してきたので、お目にかかれて光栄です」

「はっはっはっ。俺なんか目標にしたら将来がないぞ。こうやって警務部に目をつけられてんだからな」

「え、あ、いや――」

「それじゃあ、捜査書類をお預かりできますか」

千夜はくるりと体を返して、盗犯係へと目を向けた。席に着いていた一人がさっと後ろの藤堂へと視線を振り、なにかしらの合図を受けたのだろう、立ち上がって机の上の書類を手にした。

部屋を出て廊下の端にある小会議室に入る。長テーブルに書類やノートパソコンを並べ、順次、確認していく。そして気になることがあると、刑事課に行って担当した刑事を呼び出し、直接話を聞いた。

「どうです？　調書におかしな点とかないですか？」

書類を睨んだまま垣花が首を振るのを見て、「逮捕の端緒が、深夜徘徊《はいかい》していたところに刑事課盗犯係が職質して、盗まれた現金を持っているのを発見、ということだけど、こんなタイミング良くいくかしら？」と訊いてみた。

「それは、まあ、連続窃盗事件ですから。盗犯係が夜間、目ぼしい箇所を巡回するのはあることですし」

ふうん、といいながら俯く垣花の横顔を見る。先ほどの藤堂を前にしたときのような硬さはもうないが、それでも居心地悪そうに背を曲げているのがわかる。

千夜は警務畑が長く、捜査部門は門外漢といっていい。それだからこそ、刑事課や生安課に見られる上下の濃密な関係性にも疎く、忖度する気もない。そこを見込んで薫が当てたのだろうが、それならなぜ垣花と一緒に組ませたのだろうと訝しむ気持ちがあった。実際、藤堂を前にして垣花はすっかり毒気を抜かれている。

まず、二人の女性窃盗犯に職質をかけた刑事二人から話を聞くことにした。

一人は四十代後半の田添《たぞえ》主任で、盗犯ひと筋で十年目となるベテラン。もう一人は菅原《すがわら》巡査で、垣花と一期違いの二十六歳。盗犯係に入ってまだ半年だという。

「三月二十四日の夜、二人一組で、田辺町付近を歩いていたところ、若い女性が二人、徘徊しているのを見て職質をかけたということですね。三日前の二十一日には、この田辺町にある桑田塗装で現金を奪われる被害が出ています。そんな場所で再び、犯人がウロウロしていたというのはおかしくないですか」

ベテランの主任は、肩をすくめる。「盗みがうまくいくと、またおいしい獲物があるんじゃないかと同じところを探し回るのはよくあることです。ましてや一度襲ったところは狙わない筈と警察は油断する、と考える」

「九久見の盗犯係はその裏をかいたということですか？」

「まあ、そうですな」

「声をかけたのはあなたですよね、菅原巡査」

はい、と少し緊張した声で答える。パイプ椅子に座りながらも背筋を伸ばし、膝の上に手を拳にして載せている。

「二人を見たとき、どう思いました？」

「え、どうって」

「職質をかけようと思ったんですよね。なにかが気になったからそうしたんじゃないんですか」

菅原は、ちらりと隣の主任を見、忙《せわ》しなく瞬きする。

「それは深夜にも拘らず女性が歩いていたので」

「深夜といっても午後十一時過ぎですよね。おまけに若い女性の一人歩きなら気になるでしょうけど、二人連れならそれほど危ない感じもしないと思うのですが」

「それは、そのあれです、先ほど主任がいわれたように、事務所荒らしがあったばかりのエリアでしたから、また狙うんじゃないかと思っていたところに」

「それは凄《すご》いですね」

「は？」

「わたしなら、窃盗、しかも事務所荒らしなどするのはてっきり男性かと思い込んでしまうけど。あなたは最初から女性もありうると思って不審者と判断し、職質したってことですよね？」

口を半開きにしたまま固まる。それを見て、千夜は隣の主任へと目を向けた。田添は喉の奥で咳《せき》をし、「今どきは男であれ女であれ盗みをするやつはしますからね。この菅原なんかは、若いからそういう妙な偏見がないし、それがまあ、今回の大手柄に繋がったんですから、大したもんですわ」と笑みを浮かべた。

「なるほど、世代の違いかもしれませんね。わたしなんか、この芦尾と上野の格好を見たら、怪しいと思うことなどなかったでしょう」

「格好？」

「ええ。調書にも写真にもあります。芦尾は薄いブルーのスカートスーツに黒のトートバッグ、上野は紺のミニワンピに白のショルダーバッグ、共にパンプスを履いていて、上野のなんかは見た感じ八センチヒールです。こういう格好で、事務所荒らしをするだろうなんてわたしなら絶対思わないですね」

さすがです、とひと言付け加えすぐに、ところで、と別の話題へと移った。

「職質して持ち物を確認したところ、上野の財布にあった一万円札に黄色い汚れが付着していた。桑田塗装で使われていた塗料ではないかと疑い、任同して調べたところ、やはり当該会社で使用しているものとわかり、問い詰めたところ自白した、ということですね」

返事をしない菅原をちらりと見やり、千夜は畳みかけるように訊く。

「桑田塗装の事務所荒らしについては素直に自白し、犯行の時刻、場所、侵入経路、方法について詳細に述べたけれど、他の窃盗案件についてはずい分、不確かな証言しかないようですね」

すかさず田添が口を出す。

「まあ、それはよくあることです。桑田塗装の件は直近でしたから本人らの記憶も確かでしたが、それ以前のものとなるとあれこれ入り混じって、あいまいというか記憶の錯誤が生じる。別に不思議でもなんでもない。むしろ却って真実味がある、よくあることで」前のめりになって両手を振り回し、率先して答え始める。

千夜は、よくあることと繰り返す田添の言葉を捉えて、それならなおのこと物的証拠を探すべきですよね、といった。田添は手を止め、怒ったように顔を真っ赤に染める。

「探しましたよ、もちろん。だが、現場のひとつは民家で防犯カメラもなかったし、もう一件は商店の古ぼけた店舗で、カメラどころかドアの鍵も壊れている始末でしたからね」

「桑田塗装は別にして、他二件の被害品も見つかっていませんね。これは？」

「そこに本人らの供述があるでしょう。現金は使ったし、民家で奪った時計はネットを使って売った、盗んだゲーム機は捌《さば》けなかったから捨てたって」

「追跡できなかったんですか」

はあー、と田添は大げさに息を吐く。

「今は偽名を使ってネットで売買したりしますからね、足取りを追うのは簡単じゃない」

「パソコンを押収して調べたのに、履歴が追えなかったのですか」

「自分のパソコンではやらなかったみたいですな。現金さえあれば良かったんでしょう」

奪ったものの内容については正確に述べているのに、現金以外の時計やゲーム機の始末についてははっきりしない。

「当人らは毎日楽しく暮らすことに夢中で、細かいことなんか覚えちゃいない。そういうの刑事課の人ならわかってもらえるんだが、なあ」と垣花に視線を流す。受けた垣花は、顎を引きかけて途中で止め、書類に目を落とした。

「この調書を見る限り、誘導しているようにも」と千夜が呟くと、隣から垣花が、阿波野係長、と低くはあるが、咎めるような声を投げた。千夜はちらりと垣花を見、田添に目を返して、すみません、いい過ぎました、と謝る。

田添はふんと鼻から息を出し、腕を組んで椅子の上で反り返る。

「まあ、うちの課長なんかは慎重な人だから、証言に不安があるから、ひとまず桑田塗装の案件だけで送検しようとしたんですよ。だいたい女の二人組でこれといった前科のない窃盗犯など、どうせ執行猶予が付くか、せいぜい一、二年ってとこでしょ。だったら無理せず確実なものだけにすれば良いものを、検事が連続窃盗事件なんだからまとめて上げろっていうもんで」

「そうですか。でも、その確実なものの方が怪しくなったのは、なんとも皮肉なことですね」

千夜がすかさず切り込むと、田添ははっとした顔で腕組みをほどいた。

連続窃盗事件の被疑者逮捕となると事件としても大きく派手になる。検事でなくとも盗犯係ならなんとしてもそうしたいだろう。目の前の田添を含め、刑事らは検事のいう通り、三件まとめて送ろうと強気に動いたのではないか。藤堂だけが、無理をせず事務所荒らし一件に絞ろうとした。刑事畑のベテランとしては、他の案件を立証するのに自供以外まともなものがないというのは不安だっただろう。

結局、検事の希望通り、連続窃盗事件として送検した。そのため新聞にも載り、それがきっかけで小林鈴奈の証言が飛び出し、確実と思われた事務所荒らし自体が間違いではないかとの疑惑が浮上したのだ。

田添は遅まきながら顔色を変え、打って変わって口が重くなった。千夜があれこれ尋ねても、短く返答するか、惚《とぼ》けた顔でどうだったかな、と頭を掻《か》くのに終始する。菅原巡査に至っては、もう無表情を維持するのに懸命で、パイプ椅子の上で石のように固まっていた。

二人が出ていって、千夜は垣花に目を向けた。

「垣花さん、これって普通のことなのですか？　わたしは捜査部門で働いた経験がないですし、夫も地域と交通しか知りません。恥ずかしいけど、この歳になるまでこういったことを身近に知る機会がなかったんですが」

垣花はテーブルの上に両の肘《ひじ》をつき、そのまま頭に手を当て抱え込んだ。

「……そう、ですね。本人が自供したんで、まあ安心したんじゃないですか」

「自供ですか。今は物証第一主義と思っていました」

「自供は今でも鉄板ですよ。刑事らにしてみれば、それがありきで動いて、そこから物証を引いてくるんです」

さすがに元刑事だ、と千夜は感心しながら続けて問うた。

「あの菅原巡査のこと、どう思いました？」

垣花は千夜の考えを汲《く》み取り、小さく頷く。

「俺にも似たような経験があります。刑事にとって主任や先輩刑事は親より強い主従関係を持つ者です。先輩がそうしろといったら、大抵のことはします」

「じゃあ、怪しいと思ったから職質したっていうのは？」

「そうですね。恐らく、一緒にいた田添主任にいわれたからそうしたか、もしかしたら職質して調べたのは主任で、菅原は手柄にしとけといわれただけかもしれません」

「垣花さん」

垣花は目を返し、頷く。「あとで菅原に当たってみます」

千夜は胸のうちで、薫の采配も満更でもないなと得心の笑みを浮かべた。

「それじゃ垣花さん、次の捜査員を呼んでください」

3

音楽隊の待機室は同じ本部でも敷地内の別の建物になる。広報課自体は本部建物の二階で、薫と田中は階段を下りて向かった。

広報課は、職員が警察官の制服であることを別にすれば、およそ一般企業の職場と変わらない様相を呈していた。パソコンのキーボードを叩き、電話応対をし、書類を作成して決裁をもらう。壁際に警察関係のポスターやパンフレットの束、のぼり旗やシール類、マスコット人形などが並んでいるのがいかにも広報らしい。その部屋の一角をパーティションで区切って、応接セットを置いている。

課長は温厚そうな人で、静谷朱里の弟のことは実に残念だと沈痛な表情を浮かべた。午後の葬儀にはなるたけ多くの課員が参列する予定だという。課長はあくまでも朱里がこの部屋で、広報の業務に就いている姿しか知らない。音楽隊の隊長はまた別で、待機室に常駐しているようだ。

「仕事振りはいたって普通ですね。ここにいる女性警官はみなカラーガード隊員で、午後になれば揃って訓練に行きます。他はだいたい行政職員で、まあ、それで充分こなせるだけの仕事量というか人員ですね」

階級は警部だから薫よりは上になるのに、言葉遣いも丁寧でのんびりしている。広報課長という役職がそうさせるのか、他部門のような厳しいノルマがないからかもしれない。

以前に香南子らが聞いた話とは別に、今回は、朱里の身上について尋ねてみる。

うーん、と課長は口を引き結び、「こういうご時世ですからね、あんまり個人的なことは尋ねないんですよ。課の宴会とかもしませんしね。まあ、音楽隊ではそういうのをやっているらしいから、そっちで訊かれた方がいいでしょう」と素気《そっけ》ない。

「弟さんの話とかも全然ですか？」

「そうですね。ここでは聞いたことがないなぁ。わたしは知っていましたけど、同僚のなかには同じ警察官の弟がいたことを知らないのもいるんじゃないかな」

カラーガード隊の隊員にも訊いたが、弟のことを知っていたのは一人だけだった。朱里と一番親しくしている人を呼んでもらいたいというと、今は待機室に行っているという。それならと立ち上がったところに、その女性警官が入ってきた。薫が名乗ると、はっとした表情を浮かべる。どうかしたのかと訊くと、課長や部屋にいる同僚らへ視線を流しながら、戸惑うようにいった。

「今、練習場を覗いたら、いたんです」

薫だけでなく、部屋にいる全員が怪訝《けげん》そうに見やる。

「朱里……静谷さんがいて、練習をしているんです」

課長が立ち上がるのが見えた。どうして？　と何人かが呟く。

「今日、お葬式でしょ、こんなところでなにしているのって訊いたんだけど、午前中はすることがないからって。なんか、思い詰めている感じもしたから、そっとしておこうと思って戻ってきたのですが」

課長が練習場に向かおうとするのを薫は止めた。

「我々が行って話を聞いてきますので」と頭を下げて、部屋を出た。

練習場は待機室のある建物の地下にあった。

防音の利いた小部屋と、板張りで壁のひとつの面が鏡になっている広めの剣道場くらいの部屋がある。その真ん中で鏡に向かってフラッグを振っている女性の姿があった。軽快な音楽がどこからか流れている。

薫らが部屋に入ってきたのは見えただろうが、目を向けることなく、オレンジと白の大振りのフラッグを左右に揺らしていた。戸口で少しのあいだ眺め、ゆっくり近づいて行く。

朱里はフラッグを大きく一周させ、それを斜め下に下ろすと、両足でタンタンと足踏みをし、直立姿勢を取って動きを止めた。振り返って、薫らに向かって室内の敬礼をする。通夜の席で一度、顔を合わせているから、事件課だと気づいているだろう。

朱里は浅黒い肌を汗で濡《ぬ》らし、上半身ごと息を吐いている。自主練習だからか、上下ジャージ姿で足下だけブーツを履いていた。部屋の隅には、私物らしいバッグと黒っぽい服が置かれている。

「そのフラッグに名前とかあるの？」

薫が訊くと、朱里はフラッグを垂らし、白いポール部分を引き寄せて首を振った。

「別にありません。隊員はただ、オレンジの大、青の小、とか呼びます」

「そうなの。静谷さん、事件課の明堂です。こっちは田中巡査長、弟さんのことで少しお話を聞かせてもらえませんか」

朱里はフラッグを置くと、パイプ椅子を運んできた。田中がすぐに手伝う。鏡を背にして座りながら、「午後から葬儀があるので、それまででしたら」という。

「ええ、もちろん。葬儀には我々も参列させていただこうと思っています」

「そうですか。恐れ入ります」頭を下げるが、特別な感情の動きは見られない。

「どうして練習を？」

え、という風に目を上げた。外での活動が多いせいだろう、陽《ひ》に焼けてはいるがそれも彼女の魅力となっている。

「別に理由はありませんし。午後までですることがないですし、かといって広報課に行けばみんな気を遣うだろうから、ここでちょっと練習でもしようかなと思っただけです」

足下に置いたオレンジのフラッグのポールに爪先を当てた。

「昨日、うちの塙と道下がお伺いしたことを繰り返すつもりはないので、それ以外のことをいくつか聞かせて欲しいの」

「ええ。どういうことですか」

「音楽隊、いえカラーガード隊ね、この仕事は好き?」

朱里はふっと笑う。「好きでなければ希望しませんし、好きでなくなったら異動します」

「人気がある部署だそうね。ごめんなさい、この歳までよく知らないできたの。定員は十二名で、カラーガード隊のリーダーはさっきここに来た蔦《つた》巡査長。同期なんですね」

「はい」

「弟の永人さんは、あなたがカラーガード隊で活躍されているのを喜んでおられましたか」

朱里は怪訝そうに眉根を寄せると、視線をまたフラッグに落とし、さあ、どうでしょう、と答えた。

「永人さんが拝命したとき、あなたは既にカラーガード隊だった。当然、知っておられたでしょうし、演舞を見に行ったということもあったんじゃないですか」

「さあ。どういうイベントがあるのかは、うちの広報ページを見ればわかりますけど」

「亡くなられる前、連絡もメッセージも送られてこなかったということでしたけど、最後に連絡を取ったのはいつかわかりますか」

朱里はスマートホンを取りに行き、戻ってきてさっと画面をこちらに向けた。

「これがきたのが最後です」

薫と田中が覗き込む。二月二日午後一時〇三分、メッセージの内容は、『海外遠征が決まったと聞きました。おめでとう』。それに対する返信は、『どうも』だけだ。

ジャージのポケットに入れるのを見ながら尋ねた。

「弟さんとは余り親しくしていなかったようだけど、なにか訳があるのかしら」

朱里は大きな目を真っすぐ向けてくる。

「それが弟の事件となにか関係があるのでしょうか」

「わからないわ。永人さんは自死の理由を残されなかったから、それで我々が調べています。当然ながら、仕事と私生活の両面から精査しなくてはならないから、ご不快な思いを」

面倒そうに朱里は遮る。「わたしと弟の関係性は今に始まったことではないので、それが理由とは思えません。それに」

「それに？」

「弟がなにも残さなかったということは、その理由を知ってもらいたくなかったからかもしれません」

「そうね。もしかするとそうかもしれない。それでも調べないといけない。今後同じようなことが起きないようにという建前と、上から命令された仕事だからとの二つの理由で」

朱里が、ちょっと目を瞠《みは》る。

「永人さんとはめったに会わなかったということだけど、弟さんが警察官になろうとした動機は知っていましたか？」

「知りません。五つ離れていますし、そのころには別々に暮らしていました」

「ご両親は早くに亡くなられたそうですが、それから二人で生きてこられたのよね」

「父方の伯父夫婦が援助してくれました。わたしは高校生でしたからアルバイトをしながら大学へ行き、以降ずっと一人暮らし。弟は中学生になったばかりだったので、伯父の家で大学卒業までいた筈です」

「親しく口を利かなくなったのは、ご両親が亡くなったことが原因ですか？」

視線がまたフラッグに落ち、短い沈黙のあと、「さあ。いつからか忘れました」とだけ返ってきたことに薫は胸のなかで首を傾げた。質問への答えではなかった。

「カラーガード隊って、見た目は華やかだけど、大変なのでしょうね。さっき、少しだけ見せてもらったけど、毎日、あんな練習をするの？」

「どんな仕事も大変だと思いますし、音楽隊の仕事は半分以上が訓練です」

「訓練か。体力仕事ってことよね。まあ、警察官の仕事は概ね体力仕事だけど。特にこの田中は元機動隊員でね、訓練ということではあなたと同じ、似た分野といえるかもしれないわね」

そういうと隣で田中が、ふっと肩を揺らした。朱里が目ざとく見つけ、「旗を振るだけの仕事と一緒にしてもらいたくないって感じですね」という。田中は、いえいえと首を振るが、朱里は納得しないらしくさっと椅子から立ち上がった。薫は口元を弛めながら眺めている。朱里は、爪先でポールの端を踏むと、その反動で浮き上がったフラッグをぱっと受け止め、田中に差し出した。

「やってみませんか？」

え、という田中に向かって薫は、やれやれ、と煽《あお》った。

田中が渋々フラッグのポールを握ると、朱里は奥から別のフラッグを持ってきて二人で部屋の中央に向かう。

「基本の動きです」といって、朱里がフラッグを左右上下に揺らす。それに合わせて体を回し、膝を高く上げ下ろししたあと、軽快な音を立ててぴたりと止めた。

今度はフラッグを真上に突き上げて一気に振り下ろして真横で止め、すぐに前へ回してまた上に上げる。

「これはチムニー、煙突のように高々と」

フラッグを左右に八の字を描きながら勢い良く回し、水平にしてぴたりと止める。

「これはバタフライ」

上から投げ下ろすようにしながら屈伸し、片膝を立てて地面に突き、また立ち上がる。

「サブマリンです」

いわれて田中が見様見真似に振る。振り回すくらいなら簡単そうだが、ぴたりと動きを止めたり、膝を屈伸させたりするとどうしてもフラッグが揺れる。フラッグに気を取られると体が斜めになる。そのうち大きな布が顔に被さってきて手で払う羽目になり、慌てると今度はポールが膝や太ももを打ちつける。

「いてっ」と思わず田中が声を上げる。
朱里がバタフライのスピードをじょじょに上げてゆく。やがてオレンジと白の色が混ざり合い、鮮やかな軌跡を描いて視界いっぱいに華が咲き散ったような光景が現れた。懸命に追いつこうと振り回す田中の額に汗が滲《にじ》んできて、とうとうフラッグを落とした。普段使わない筋肉のようで、奥歯を嚙みしめて二の腕をさする。

朱里は平然とした顔でフラッグを拾うと、すたすたと薫の側へ戻ってきた。喉の奥で薫は、くくくと笑う。椅子から立ち上がって、朱里に失礼する旨を告げたとき、ポケットのなかでスマートホンがバイブした。画面を見、応答しながら腕をさすり続ける田中を連れて練習場をあとにした。

4

拘置所はコンクリート造りの三階建ての建物で、築七十年以上は経つと聞く。古びている上に四角い簡素な建物のせいか、春の陽の下でありながらここだけは陰気にさびれている気配があった。
香南子と道下は案内されて、廊下に並ぶドアのひとつを開けた。八畳ほどの部屋で、真ん中に仕切りがある。透明のアクリル板で、防犯上の理由から周囲を鉄製の枠で囲んであった。壁に立てかけてあったパイプ椅子を広げて座ったところに、板の向こう側にあるドアが開いた。

刑務官に付き添われて、女性が俯きながら入ってくる。

セミロングの髪を後ろにまとめた細身の女性は、上野水穂二十五歳だ。色白で首が長く、綺麗な肌をしている。ふと見えた瞳は黒目が大きく濡れているように光った。まるで、水面《みなも》を滑る水鳥のような美しさがある。

香南子と道下は順に名乗って、九久見署の人間でないことを強調した。小林鈴奈の写真をアクリル板越しに見せる。

「この女性に見覚えは?」

上野はちらりと目をやったあと、俯いて首を振った。

「ちゃんと見て」

何度かいってようやく顔を起こさせるが、写真を通り過ぎて遠くを眺めているような眼差《まなざ》しだった。

「この女性はあなたと芦尾ナオさんのことを知っているそうよ。大変、感謝しているともいっていた。二十一日の夜、戸川市の公園の近くで、この女性が暴漢に襲われているのを救ったんですって?」

上野はまたすぐに顔を伏せ、首を振った。

「この人は、わざわざ警察署に出向いて証言したのよ」

もう首を振ることもしない。なにも答える気はないようだ。しまいに、後ろに控える女性刑務官に向かって、「頭が痛い」といって立ち上がった。

香南子と道下は吐息を呑み込み、椅子に深く沈む。

それから少し時間を置いて、再び、奥のドアが開く。

今度は明るい茶のショートヘアをした女性で、芦尾ナオだ。拘置所のなかなので化粧はしておらず、目の下にそばかすが浮いている。それが大きな目とあいまって、野山を駆け抜ける小動物のような愛らしさを生んでいた。素顔が良いのだから、化粧をすれば人目を引く容姿になるだろう。

香南子は、上野にいったことを繰り返した。そして写真を見せながら、「この女性はあなた方二人を知っていると、はっきり証言した」

「そんな人、知らない」

芦尾ナオの声は、まるで鋼《はがね》を飲みこんだように硬かった。それでもとにかく返事してくれたことに、香南子と道下は安堵の視線を交わす。

「検事にもいわれたでしょう。あなた方が公園から出てくるところをカメラが捉えている。その日時は、三月二十一日の午後十一時過ぎで、あなた方が九久見にある桑田塗装に事務所荒らしに入ったと供述しているのとほぼ同時刻。車でも一時間はかかるほど離れた場所に同時に存在することはできない」

芦尾はぷいと顔を逸らした。

「嘘《うそ》を吐《つ》いていたのよ」

香南子は道下から写真を受け取り、アクリル板に貼り付けた。

「この女性、嘘を吐いていたわ」

えっ、という風に芦尾が顔を向けた。上野とは正反対に感情が豊かなようだ。香南子は、ここが突破口だと気合を入れる。

「道下巡査とわたし、ここに来る前にこの女性に会ってきたのよ」


夫は出勤していて留守だが連絡が入ると困るから自宅を出たくない、と小林鈴奈はいった。それで香南子と道下は、拘置所に行く前に鈴奈の家に立ち寄った。

公園で襲撃されたのだから、当然、戸川署ではその犯人の行方を追っている。だが、戸川の刑事課に聞いた限りでは、鈴奈の証言が酷く曖昧《あいまい》で、犯人の捜索は難航しているということだった。鈴奈から直接詳細を聞こうと思ったのだが、玄関先でいきなり、警察でいった通りでこれ以上話すことはないと迷惑そうな態度をあからさまにした。あれこれいって、半ば強引になかに入れてもらう。

最初から妙だった。

そもそも芦尾らが連続窃盗犯として送検されたのが三月二十五日で、新聞や地方ニュースに被疑者写真と共に詳細が載ったのがその翌日。鈴奈はそれを見て二人に気づいた。だが、実際に戸川警察に通報したのは四月一日だ。どうして七日もあいだが空いたのか。そのことについて鈴奈は、本当にあのときの二人なのか自信がなかったからと答えた。

しかし、二人の逮捕が濡《ぬ》れ衣《ぎぬ》であってはいけないと思い、それで警察にだけは話したのだと、渋々のようにいう。

ご主人にも相談したのかと訊くと、心配をかけたくないからいっていない、もっといえば公園で襲われたこともいっていない、だから余計なことは夫の耳に入れないでくれと、強い口調でいった。

そのとき電話が入った。鈴奈は慌ててパンツのポケットに入れていたスマートホンを取り出し、話しながら別の部屋へと移動した。その話しぶりから、相手は夫であると思われた。道下がこっそり廊下に出て部屋に近づき、耳をそばだてる。

妙にテンションの高い口調で応えている、家に刑事が来ていることは話していない、と首を傾げながら香南子に報告した。戻ってきた鈴奈のほっとしたような顔を見、再び話を続ける。十分ほどしてまた電話が鳴った。鈴奈は同じように部屋を出てゆく。少しして戻ってきた鈴奈に向かって、香南子はあえて抑揚をつけずに告げた。

『あなたを襲った暴漢に心当たりがあるのじゃないですか。捕まえて欲しいと思っていますか、それともこのままにした方がいいと思っているのですか』

鈴奈は言葉に詰まり、強張《こわば》った表情のままスマートホンを握り締めた。

小林夫妻の自宅は、住宅街の突き当たりで左右に家がなく、裏は造成前の雑木林だった。家のなかは綺麗に片づいていて、自分で貼り替えたせいだろう、壁紙のそこかしこが捩《よじ》れていた。キッチン周りにはなにもなく、包丁も鍋もみなしまわれていた。鈴奈は、厚手の長袖スウェットにハイネックのインナーを合わせ、厚手のパンツを穿《は》いている。リビングいっぱいに四月の陽光が射《さ》し込んで暑いほどだったのに。

『本当のことをいってください、我々は力になる。事件課には係長が三人いて全員女性です。それは犯人逮捕よりも一人でも多くの弱者を救うために設置された課だからです』と香南子は言葉を重ねた。

再び、鈴奈の手のなかでスマートホンが鳴った。道下がすかさず側に寄り、発信者『ご主人さま』という画面を見て叩き落とした。鈴奈は短い悲鳴を上げて床に這《は》いつくばり、震える手で拾おうとした。道下はその手を引き寄せ、薄いピンクのジャケットで包み隠すように鈴奈に被さった。激しく暴れたが道下の腕力が勝り、鈴奈は袖に顔を埋《うず》めて、啜《すす》り泣く声を上げ始めた。

香南子は鈴奈のスマホの電源を落とすと、自分の携帯で薫と連絡を取った。


「あなた方は、この女性が夫から暴力を振るわれているところに行きあったのね」

芦尾ナオは暗がりの猫のように黒目を広げた。

「暴漢が彼女の夫であることを口止めされた、黙っててくれと頼まれた、そうでないとまた酷い暴力を受けるから。そうこの女性はいったのでしょう？　そのとき、あなた達は彼女になんていってあげたの」

「え？」と芦尾ナオが声を出した。ようやく聞けた素直な一声だと思った。

「そんな夫と別れろ、ちゃんとしたところに助けを求めろといわなかったの？　どうしていってあげなかったの？　女性は度重なる夫の暴力で心も体も疲弊して、自分でなにかを判断する思考も気力も失《な》くしていた。誰かの手助けが必要だった」

「なにそれ。なんで、あたしらがそこまでしなくちゃいけないのよ。それこそ、あんたら警察の仕事じゃん。あたしらが余計なことして、そのせいでもっと酷い目に遭うかもしれない。そこまで責任持てないし」

そこまでいって、はっと顔色を変えた。うまく喋らされたと気づいて唇をきつく結ぶ。

「ずい分、半端な助け方ね」

芦尾が眉根を寄せる。

「この女性は、あなた方がいわれのない罪で捕まったと知って自ら名乗り出た。あなたがいうように、余計な事をすればもっと酷い目に遭うとわかっていたのにね」

香南子は、陽射しが降り注ぐリビングのカーペットで、道下に叩き落とされたスマホを拾おうと必死で這いずり回る鈴奈の姿を思い出した。

「最初は怯《おび》えたそうよ。もしかしたら、あなた達がアリバイの証明として、公園でのことを話すかもしれないと。夫に襲われたことが露呈し、警察が来たりしたら夫から激しく責められる、恐くてしようがなかったといっていたわ。でも、三日経っても四日経っても無実だったという報道はされない」

香南子は再び写真をアクリル板に掲げて見せた。

「この女性は、別の不安にかられた。もしかしたら、夫のことは黙っていて欲しいと頼んだから、そのせいであなた方はアリバイをいえずにいるのではないだろうかと。それからずっと悩んで、迷った末にとうとう決心をした。あなた方の無実を証明するために警察に出頭しようとね」

香南子は写真の横から芦尾ナオの目を見つめた。

「あなた達は確かに彼女を助けたかもしれない。だけどそれは、大したことじゃなかった。彼女があなた達を救うために払った代償に比べれば、ぜんぜん」

　道下は腕のなかで泣きじゃくる鈴奈に、『大丈夫だから。もう大丈夫だから』と何度も繰り返し言葉をかけた。香南子は誠意を込めて説得した。やがて、恐怖が去らないまでも、小さな灯りのように安堵の光が濡れた目に浮かぶのを確認することができた。

「この女性はようやく、忌《い》まわしい地獄から抜け出そうと決心した。今度のことが大きなチャンスになるとわかってくれた」

　写真を手元に引き寄せ、香南子は机の上に置いた。

「今、この女性は行政機関の保護下にある。県警本部生活安全部人身安全対策課が、夫の取り調べを始める。ＤＶ案件は難しく、事実認定に手間取ることがある。でももし、この女性に対して暴行をしたのが夫であるという明確な証言をしてくれる証人がいれば、それは難しくないでしょうね」

　芦尾ナオが絶句するのを見て、更に言葉を重ねる。

「この女性は、たった一人で苦しみ、悩み続けてきた。誰にも相談できず、不遇を分け合う友もいなかった」

　透明な板の向こうで戸惑うように揺れる目に、香奈子ははっきりと告げた。

「あなた達の証言があれば、この女性を今度こそ助けられる」

覆面の捜査車両はグレーのセダンだ。ぱっと見は普通の車だからそうと気づかれることはない。けれど不思議なもので警官が見れば、走っていても離れていても警察の車だとわかってしまう。そのため、近くのコンビニに頼んで車を置かせてもらうことにした。

朱里との面談を終えたあと、薫と田中は私服に着替えて本部を出た。異様に体格のいい田中を連れて歩くが、一応、上下スーツだから会社の上司と部下に見えないこともない。

5

角に立ち、元取交番に目をやる。二階建ての四角い建物で、一階に制服警察官が二人、机に着いていた。今日は、永人のいた一係は当務明けで既に退庁している。恐らく、全員午後からの葬儀に参列するだろう。交番勤務に就いているのは今日の当務である三係の警官だ。永人の同期の駒田も三係だから阿津田駅前交番にいる筈だった。

交番は二階が仮眠室になっている。窓が道路側と西側にあるが、どちらもカーテンが引かれていた。薫と田中は、交番員に気づかれないよう周囲を確認して回った。

「あれのことじゃないでしょうか」

田中が西側に建つ五階建てビルの窓を目で示した。窓の向こうは廊下になってい て、隅の天井付近に防犯カメラが見える。設置位置から推して、交番の二階が撮影範囲に入っている可能性がある。

駒田巡査が意味ありげに告げた『カメラ』というのを探してみようと思った。どうやら見つけたらしい。

薫と田中はその足で五階建てビルに入り、ロビーを回って一階裏口の守衛室に声をかけた。バッジを見せ、二階の廊下にある防犯カメラの映像を見せてもらえないかと頼む。年配の警備員は、心安くどうぞと招き入れてくれた。通常、あれこれ手続きを踏まないといけないところだが、簡単に応じてくれたのに却って拍子抜けする。上司に訊かなくていいのかと逆にこちらが気を遣ったら、警備員の男性は戸惑うような表情を浮かべた。

「だって、女性警官が来たら協力してあげてくれって、頼まれてたから」

「え。誰にですか？」

「そりゃあ、お巡りさんだよ」

「その警官の名前は覚えていますか？」

「制服着たお巡りさんに名前を訊いたり、バッジを見せてもらったりする必要はないでしょ」と不思議そうに見返した。「二十代前半くらいだったけどね。熱心に頼むからしようがなく、上に口利いてあげたんだ。だけど、想像してたのとは」と薫を見、もっと若い女性が来るかと思っていたと笑った。

薫は田中と目を交わすと、礼を述べて奥の机に着く。

映像は普通、ひと月すれば上書きするが、頼まれていたのでずっと残しているといった。念のため、二か月前からのものを出してもらう。

思った通り、廊下にあるカメラは、窓越しに交番の二階の西側窓を映し込んでいた。田中が早送りして見てゆく。流れる映像についていけないので、薫は隣に座って待つことにした。

「これは？」と田中が手を止めた。

窓のカーテンが開いている。時間は午後二時過ぎで、仮眠を取る時間でもないのに人影があった。外が明るく部屋のなかが暗い。しかも隣のビルからの映像だから細かいところまでは見えない。もみ合っているような雰囲気だけ感じられる。二人か三人、誰かを小突き回しているようだ。

薫と田中は息を止めて見入る。すぐにカーテンが引かれて見えなくなった。薫は唇を嚙んで、大きく胸を上下させた。瞬きを忘れたように固まる田中を促し、更に映像を送らせる。また手を止めた。

今度は夜だ。二階の窓のカーテンの隙間に、男性の顔が見えた。電気が点いていたから、静谷永人だということがわかる。わかったと思った瞬間、永人は大きく仰け反ってカーテンの向こうに消えた。いくつかそれらしい映像を見つけ、コピーさせる。ここの機器ではこれ以上は無理だから、本部の捜査支援分析課で解析してもらうことにした。

時計を見ると葬儀の時間が迫っていた。車に戻り、葬儀会館に向かう。控室を借りて喪服に着替え、なんとか読経に間に合わせた。並んだパイプ椅子に千夜と垣花のうしろ姿がある。他に、元取交番で会った村木主任や地域課員らしい姿がかたまって見えた。前の方には署長、副署長ら幹部の姿があり、遺族席には朱里の背中があった。隣には伯父夫婦の姿が並ぶ。

香南子と道下の姿がなかったが、焼香が終わるころスマートホンに連絡が入った。

「例のＤＶの件で、人身安全対策課と連携して芦尾らから調書を巻くのに立ち会っているらしいわ」

葬儀会館の外で千夜らと合流し、これまでの経緯を話した。

本部の音楽隊練習場を出るときに香南子から連絡が入り、詳細を聞いて薫はすぐに以前所属していた生活安全部の人身安全対策課に繋ぎをつけた。十年以上前の古巣だったが、薫を知る者はまだ残っていて、迅速に動いてくれた。

「わたしのことなんか忘れられているかと思ったけど、知った人がいて助かったわ」

千夜がそつなく言葉を足す。

「新設の部署に最初に配される人員の苦労が並大抵でないのはみな知ることですから、明堂係長の功績は語り継がれていますよ」

我々もそうでありたいですね、と田中や垣花にも笑みを向ける。薫はその言葉を笑顔で受け入れながら、大変だった、苦労した、疲れた、それでもやりがいがあって夢中になった、その挙句、大きなものを失っていることに気づかなかったと胸のなかだけで痛罵する。

「それで、二人の女性はどうしてやってもいない窃盗を自白したのか、理由をいいましたか。取り調べに問題が?」

垣花が気になる様子で尋ね、薫は首を振って答えた。

「芦尾と上野は頑として、嘘を吐いた理由をいわないそうよ。取り調べに強要もなく、自ら出鱈目《でたらめ》をいったの一点ばり」

「ふーん、なんでしょうね。わざわざ罪を被るっていうのは」

そのとき、長く引っ張るクラクションの音が鳴り響いた。

薫らはひとまず集まっている人のなかに潜り込む。頭《こうべ》を垂れながらも、視線だけ前へ向けた。最近では近隣への配慮から、出棺の際の合図は省略することが多いらしいが、朱里はそれを選ばなかったようだ。喪服の集団のなかから黒い車がじわりじわりと出てくる。助手席に座る朱里は、真っすぐ前を向いていた。胸に抱く遺影は祭壇にあったもので、まだ幼さの残る青年の顔だった。

参列者が頭を下げて見送る。車が門の向こうに消えたのを確認して、薫は視線を巡らした。

「お疲れさまです」

村木が自ら声をかけてきた。薫が、このあと予定がなければ話を聞きたいというと、待っていたかのように頷く。同僚の葬儀ということだけでなく、当務明けということもあってか、村木の後ろに控える同じ一係の面々は疲れた顔をしていた。なかには目を赤くし、拳でこすっているのもいる。昨日の通夜のあとに駒田に話を聞くのに使った喫茶店に行こうと思ったが、その前に呼び止められた。千夜が複雑な顔で、署長が、と囁く。

村木を待たせ、薫と千夜は大貫警察署の署長のもとへと駆け寄った。署長車のドアの外で、署長と副署長、そして地域課長が待っている。挨拶をすると小さく頷き、調査の進み具合を問うてきた。まだ詳しいことはと、言葉を濁しかけたが先に、「駒田巡査と話をしたそうだが」といわれた。地域課長の目が忙しなく揺れる。

仕方なく、「奥山交番で勤務していたとき、静谷巡査がミスを犯し、そのことを気に病んでいたと聞きました」と話す。

「奥山で？　どんな」

薫は、隣の地域課長のたじろぐ姿から目を背け、簡単に説明する。署長と副署長が揃って苦い表情を浮かべた。

「違反者に逆に脅されていただと？　どうしてそういうことになった」と署長がぎっと地域課長を睨む。「だいたい、そんな報告は受けていないぞ」

副署長が取りなすように、「それが原因で？」と口を挟んだ。

「まだわかりません。それ自体、二年近く前のことですから」

もし良ければこのあとも大貫署員から話を聞きたいと思っていると付け足した。

案の定、署長はちゃんと協力するよう、取り囲むように佇《たたず》んでいた喪服姿をさっと睥睨《へいげい》した。そして背を向け、署長車に乗り込むとその場を去った。

これで一応、所属長の許可を取った体になるから、余程の理由がない限り、署員は薫らの要請を断ることはできない。署長から声をかけられたとき、そういう言質を取ろうという考えは最初からあった。ずるいかもしれないが、こうでもしなければなにも調べられない。相手は、警察官なのだ。

地域課第一係は、昨日の昼間に薫らが一度話を聞いているが、なにせ職務中のことなので充分とはいえない。また通夜に参列せず、葬儀で初めて姿を見かけた者もいる。薫、千夜、垣花、田中ら四人は手分けして聴取を始めた。

今度は千夜と田中が一係を担当した。

職場でない上に、上司や先輩らと離れ、近い年齢の者同士がかたまっているからか、滑らかに喋る。なかには永人と親しく口を利き、一緒に飲食をしたことがあると自ら述べる者もいた。駒田ほどの付き合いはないにしても、周囲の見方を知れば、自ずと永人自身の姿も浮かび上がる。

静谷永人は、容姿通りに柔和な人であったようだ。

中学に上がるころ、両親を交通事故で失い、それから伯父夫婦に育てられた。高校生だった姉はアルバイトに励んで、大学に入ると同時に伯父の家を出たから、一緒に過ごしたのは一年ほどだろう。姉は大学を卒業して警察官になり、永人があとを追うように奉職したとき朱里はカラーガード隊員だった。そのことを知っている者は多く、どうやら永人はそんな姉を自慢に思っていたらしい。

永人より一期先輩の男性警官が教えてくれた。一度だけ、朱里の演舞を見に行ったことがあったという。スポーツ大会の開催イベントとして県立体育館で行われたもので、そのときは白地に赤のユニフォームに、白と赤の格子柄のフラッグでパフォーマンスをしたという。

「どうでした」と千夜は訊いてみる。

「初めて見ましたけど、思っていた以上に感動しました。完璧に揃ったパフォーマンス、キレのいい動き。旗の色やコスチュームが格好いいというのもあるけど、なんていうのか、励まされている気分でした。旗がこちらに向けられて、柄が変わるほど激しく振られているのを見ていると、応援されているって感じになりましたね。俺らも頑張らないとなぁ、とか思ったりして」と照れたように笑う。

二階の観覧席から他の同僚らと共に見学していたらしいが、永人はどんな風だったかと訊くと、大きく頷いた。

「ずい分、熱心に見ていましたよ。顔を赤くして高揚している感じでした」とその一係の男性は表情を明るくしたが、すぐに悄然《しょうぜん》と肩を落とした。そして、「子どもみたく目をキラキラさせて見ているもんだから、ちょっと茶化してやったんです。母姉さん、お前と似てなくて美人じゃないかって。そうしたら、『そうなんです。母さん似で昔からモテて、子どものころはそんな姉が自慢でした。近所で痴漢騒ぎがあったときなんか、心配だからと僕がボディーガードを買って出て、邪魔だと叱られたこともありました』とかいうから、お前、シスコンかって笑ったら、満更でもないような顔でニヤついていました」といった。

「演舞が終わったあと、控室とかは訪ねなかったんですか」

「うーん、実は、俺が姉さんを紹介して欲しくて、嫌がるのを無理に頼んで近くまで行ったんです。ちょうどバスに荷物を載せるのに、控室から出てきたところで、静谷が声をかけました。だけど、『なにか用？　仕事中なのよ』とかいわれて、さっさと背を向けられた。バツが悪そうに静谷が苦笑いするから、お前ら仲悪いのか、って訊いたら、『僕が警察官になったのが、姉さんは気に入らないんです』といいました」

「警察官になったことが気に入らない？」

「ええ。自分だって警察官なのにね。弟と同じ職場っていうのが嫌なのかな、そういったら、『まだ僕を恨んでいる』と呟いたんです」

「恨んでいる？」

「あ、いや、鬱陶しがって、だったかな？　なんかそんな風なことをぼそりといったんです。なんせアリーナが騒がしかったんで問い返すのも面倒になってそのまま」もう半年以上も前のことですし、と困ったように目を逸らし、それきり口を噤んだ。

千夜は礼をいって、他の一係の同僚、主任と話をし、終わると薫らと合流した。

葬儀会館のスタッフに好奇の目を向けられながらも、できるだけの聴取をすませ、その後、散り散りになったのを見送った。千夜らも薫らも車できているから、一台の車に四人が乗り込んで、それぞれの話を照合させる。なかなか踏み込んだ話は聞けなかったなかで、ちょっと気になった程度なのだがと、田中が自信なさそうに口を開いた。こういった事情聴取の経験がないから、全てが試行錯誤だ。体軀の良さがいい武器になると思うが、そのことに気づいてうまく使いこなせるようになるにはまだ少し経験が必要だろう。薫は後部座席で背を曲げる田中を見、「なんでもいいからいって」と促した。

永人より一年後輩の、まだ新人といっていいような女性警官が話したことだ。その女性は奥山交番に就いていて、二年前、永人と組んだ正岡という男性主任が指導係となっていた。

田中が、主任とうまくやっているのかと探りを入れると、親切に指導していただいていますという。正岡は御園ヶ丘交番の主任にあれこれ吹き込んで、そこでも永人が嫌な思いをするよう仕向けていた節があった。

『その正岡主任さん、確か御園ヶ丘交番の主任と親しいんだよな。二人は今も行き来がある?』

就いている交番が違っても、警らと称して余所《よそ》の交番を訪ねることはあるし、なかには夜食を一緒に摂ったりする者もある。女性警官が一人だと、他の交番にいる女性と一緒に仮眠を取る場合もあった。問題がない限り、少々受け持ちを離れることくらいは大目に見られている。

女性警官は首を傾げ、『以前はそういうこともありましたけど、最近は余りないですね。正岡主任にも色々あるようですから』と意味深なことをいった。

「どういうこと?」と薫は尋ねる。

「正岡主任には長く患っている奥さんがいて、その世話と家事いっさいを一人でされているため苦労があるようです。それがここ最近、奥さんの具合がいっそう思わしくないようで、主任はちょっと不安定になっている感じがあるとか。調子がいいときはテンションが高くアクティブになるかと思うと、急に塞ぎ込んで老け込んだようになったりするっていってました」

当務明け、つまり非番になると同じ係が集まって早めの飲み会などをしたりする。一係でもそういう機会が幾度もあったが、正岡は気分屋的な言動や酔った勢いで同僚に八つ当たりすることで疎まれ、避けられるようになった。正岡自身、そんな雰囲気を察したのか、家事に時間を取られるためか、今では非番の日は真っすぐ家に帰るようになったという。そして仲の良かった御園ケ丘の主任はというと、他の係員同様、顔を合わせてもめったに正岡と話をすることもなく、ましてや交番を訪ねてくることもないと、女性警官は赤い目をさすりながら答えた。

「で、その正岡主任の方は？」と訊いた薫に、千夜が首を振る。

「葬儀に来ていないようです。一係は全員参列するよう課長から念押しされていたにも拘らずです」

昨日、薫と垣花で奥山交番も訪ねたが、正岡は警らだとかいって外に出ていて会えなかった。そのときは永人との関連を知らなかったので諦めたのだが、粘ってあのとき会うべきだったかと薫は今さらのように唇を嚙む。すぐに切り替え、千夜へと目を向けた。

「それで、その御園ヶ丘交番の主任に話は聞けた？」

垣花が手を挙げる。

「俺が聞きました。御園ヶ丘で静谷永人と一緒になったときのことを尋ねると、なにも話すことはない、問題なかったというんで、半年で元取交番に移ったのが問題なしですかと突っ込んだら、やたら饒舌《じょうぜつ》になりましたよ」

「どんな風に」

「奥山交番での失策は聞いていた。同じようなことがないよう、それなりの指導をしただけで、決して苛めではない。息子といってもいいような年齢の静谷にパワハラなどする訳がない。正岡さんはちょっとキツイところがあって、問題のある人だ。

特別親しい間柄ではないし、最近は口も利かないと、つべこべつべこべ述べたあと、最後には、静谷は可哀想《かわいそう》なやつだと泣き出しましたよ」

「はあ」「へ？」と千夜と田中が、それぞれ呆れた声を上げた。

「村木主任はどうでした？」と垣花が薫に訊いた。

交番でも一度確認しているが、目新しいことはなにもいわなかった。ただ、防犯カメラのことを匂わせるとさすがに顔色を変えたと、薫は少し考えるようにして答える。千夜が気づいて、「なにか気になることでも？」という。

「うん。永人さんは去年の四月に村木とペアを組んで、今年の四月に自殺してしまった。奥山や御園ヶ丘の交番でパワハラがあったとしても、一応、地域課はすぐに対応している。そう考えると一年続いた村木主任とはうまくいっていたと考えるのが順当だと思う」

「そうですね。では、自殺の原因は苛めやパワハラではなかったということでしょうか」

「どうだろう」

「姉の朱里さんとの関係も気になりますね。伯父夫婦を除けばたった一人の身内である弟が亡くなったのに、動揺どころか葬儀の日に練習に行くなんて。ちょっと普通じゃない気がします」という千夜に、薫は答えた。

「二人の背景をちょっと確認してみようと思う」

そこにスマートホンが鳴った。香南子とわかってその場で応答する。

「お願いします」と返事をして電話を切ると、薫は見つめる三人の顔を見返した。

「塙係長と道下は、このまま芦尾と上野の過去を精査したいといっているから許可したわ。警務部長を通して、Y県警に連絡してもらう」

「過去？」

「そう。二人はY県出身の幼馴染《おさななじみ》で、揃ってこっちへ出てきている。家出同然で出てきたのに、そのころのことが少しも明らかになっていないのが気になるというのよ」

「なるほど。期せずして、明堂係長が静谷姉弟の過去を追うのと同じ流れになりましたね」

垣花が、感心したように呟く。

そんな垣花に千夜は、芦尾ら二人が住んでいたというアパートを訪ねることを提案した。香南子らと連携することで、新たな事実を引き出し、それを持って窃盗を自白した理由を聞き出せるかもと考えたのだ。垣花は二人の住まいに入る許可と鍵をもらいに九久見に行かねばならないことにちょっと怯《ひる》んだ表情を浮かべた。二人の窃盗犯が、桑田塗装の件に関しては無関係であると自白したことも伝えねばならないから余計だろう。薫はそれを見て、九久見の刑事課長には自分が会ってみようといった。

「垣花が崇拝する刑事の鑑《かがみ》がどんな人物なのか興味あるわ」というのに、垣花は、

「別に崇拝している訳ではありません」と不貞腐れた顔をした。

薫は喪服から着替え、田中と共に九久見に向かった。千夜らには他の二件の窃盗事案の現場確認と被害者らに当たらせる。

桑田塗装の件だけが間違いならいいが、もしかすると連続窃盗事件自体が偽りの可能性もある。二人はそれぞれ器物損壊や暴行、万引きなどの前科はあるが、どれも未成年のときのことで、もし窃盗が一件だけなら執行猶予が付く可能性は高い。だが、複数の窃盗となれば、実刑になるかもしれない。二人はそのことを知っていながら、なぜか未だに他の窃盗は自分達がやったものだといい張っている。その点も腑《ふ》に落ちない。検事にしても、判決が出たあとで真犯人が出てくるような始末だけはなんとしても避けたいだろうし、これは存外に厄介な案件ではないかと、薫は今になって背中が強張ってゆくのを感じた。

6

藤堂一雄は、思った以上に動揺を見せなかった。

薫が刑事課長の前に立ち、桑田塗装の件で芦尾と上野のアリバイが証明され、本人らからも供述を得たと述べた途端に、刑事課の部屋がぞわっと総毛立つように揺れた。そんななか、刑事課長だけは妙な冷気に包まれている気がした。さすがに刑事の尊敬を集めるベテランだと感心するが、重い荷を背負っているかのような気配が漂うのはどういう訳だろう。

藤堂が低い声でいった。「そうか。うちの失態だ。検事からお目玉を食らうことになるな。なんかいってたか?」

「え。検事がですか?」

「そうだ」

「いえ、特にはなにも」

「お宅の上司の耳には入っているだろう。そのうち、監察辺りから連絡がくるな」

薫が返事をする前に、すっくと立ち上がる。細い目を更に細め、直立する薫と田中を通り過ぎ、後ろにいる部下を見つめた。

「こういう真似をしでかした責任は全てわたしにある。わたし一人のことですまないかもしれないが、お前らは余計なことをいったり、ヘタな庇《かば》いだてはするな。それだけはいっておく」

課長っ、と悲鳴のような声が上がる。

「奉職して三十年余り、そのうちの二十年以上を刑事として励んできた。捜査のベテランといわれて調子に乗っていたのかもしれないな。馴《な》れとは恐ろしいものだ。長く勤めれば勤めるほど自信が増し、それが力となり、技術ともなるが、その反面、経験だけで全てが解決できるという驕《おご》りが湧く。そうならないよう律していたつもりだが、やはり油断というものは、知らないあいだにひび割れた壁の隙間《すきま》を伝い流れているものだ。老いた刑事ほど厄介なものはないのに、引き際を自分で測れないようになっていた。なんだろうなぁ、この頑迷さは」

「課長、止《よ》してください。我々の調べが甘かったんです、課長は連続窃盗犯とするには未だ立証不十分と躊躇われた。それを検事がごり押ししたんじゃないですか」

「それは、他の窃盗事件こそ不確実だったということですか。そうと知って立件したということですか」

薫が素早く切り込んだことに、そこにいた刑事課員全員が反応し、目を尖らせた何人かが立ち上がった。「よく知りもしない癖に」と、すぐ側にいる刑事が薫の方へ一歩踏み出したのを田中が素早くあいだに割って入る。がっしりした体軀に塞がれ、刑事は歯嚙みしながら体を引いた。

　薫は課員から藤堂へと目を返し、その他の案件に関しても事件課で精査します、と告げた。藤堂は小さく頷き、血管の浮いた掌《て》で机の上のゴミを払う。その動きを見つめながら、「ひとまず、芦尾と上野の住まいを調べたいと思います。鍵をお願いできますか」といった。

　課長は顔を上げ、立っている刑事に顎を振る。刑事は棚のところに行き、チャックのついた袋に入った小さな鍵を差し出した。袋には、住所などを書いたシールが貼ってあった。

「それと、これも持って行くといい」

　藤堂は引き出しを開け、芦尾らを逮捕したときの現場写真や差押え目録などの書類を手渡す。透明のクリアファイルに挟んだもので、ところどころふせんが付いていた。これもいるか、と別のファイルを出す。こちらは、どこかの保険会社の社名の入ったクリアファイルで、なかには二人の携帯電話通話記録があった。その記録から特定した相手のリストもある。藤堂は中身だけを取り出し、差し出した。

「ありがとうございます」

受け取りながら、薫は頭を下げた。隣で田中も同じように室内の敬礼をする。刑事課のドアを開けたところでもう一度、なかに向けて敬礼をし、扉を閉じつつ視線だけ残す。

課長席では藤堂が細い目を閉じ、椅子に座って指を組んでいた。顔は天井に向けており、深い息を繰り返している。組んだ指の人差し指が細かに揺れていた。すぐに他の刑事が取り囲み、姿が見えなくなった。

「目ぼしいものはないようですね」

田中がぼそりと呟くが、誰も応えない。他の三人はまだ手を動かし、視線を這わせている。田中もそれを見て、別の箇所を捜索し始めた。

戸川市内にある三階建てのアパートの三〇五号室が、芦尾と上野が共同で生活していた部屋だった。

小林鈴奈を救った牧野の公園からだと歩いて二十分以上かかるが、十一時過ぎではバスがない。二人は徒歩でこの部屋へ戻ろうとしていた。2LDKで、それぞれひと部屋ずつ個室を持ち、六畳のリビングと四畳半ほどのダイニングが共有スペース。芦尾の部屋にはベッドと丸テーブル、オーディオセットにテレビ、ハンガーラックなどがあって、上野の部屋も似たようなものだ。違うのはカラフルなものが多いことくらいだろうか。洋服やアクセサリー類は、証拠品として署に押収されている。

「それぞれ部屋があるということは、恋人という関係性ではないみたいですね」と、千夜がいいながら、差押え目録と写真を見て頷きを繰り返す。

「洋服は安物からブランド品までとりどりありますし、バッグもアクセサリーも高価なものがいくつかあるようです」

パソコンもあったようだが、今は接収されていた。

「二人の経歴を見る限り、ちゃんと働いた様子はないようですね。やっぱり、ほとんどが盗んだ金で買ったということなのでしょう」

二人は十七歳でT県に出てきてから、アルバイトや契約社員、派遣のような仕事をいくつか転々としていたが、どれも短い。カフェや食堂のホールスタッフ、コールセンターの仕事、お中元お歳暮時期の配送の仕事など、長くても半年だ。夜の仕事もしているが少ない。しても一か月程度で辞めているから性に合わなかったのだろう。他の仕事にしても自ら辞めたのか会社都合なのか、理由までは書かれていない。仕事先も本人の記憶があいまいなのか詳細なものでなく、垣花はそれだけを見ても、納得できないという風に首を傾げた。

「普通、以前の勤め先なんかにも聞き込みをかけるんですけどね」

最後の職場が、チェーンの居酒屋店で二年ほど前のこととなっている。店長の箇単な調書はあるが、大して役には立っていない。

「このころから、盗みの味をしめてまともに働くのをやめたということでしょうか」と千夜が呟く。薫が垣花に目を向け、どう思う？　と促すと頷きながらも、

「そういうことだと思いますが」となんとなく歯切れ悪く答える。

それからも更に捜索を続けた。田中がいったように目ぼしいものはないなと、薫と千夜が揃って腰に手を当てて立ち上がる。垣花が部屋の真ん中で天井を見上げていった。

「どうしたの」

薫に顔を向けると、指でシーリングライトを示した。

「これ、変わってませんか。自分で取り付けたんでしょうけど」

「そうですか？　デザインライトとかってやつじゃないですか」

田中が興味なさそうにいう横で、千夜がスマートホンを使って素早く検索した。首を振って、似たようなのはないですねとしまいかける。

「ちょっと待って」

薫は片手を挙げながら、部屋をぐるりと見渡す。電灯のスイッチに赤い色のカバーがつけてある。よく見るとテーブルの角やキッチンのあちこちにも赤や青のシールが貼ってあった。カーテンを引いてベランダへのガラス戸を見る。大きなキャラ

クターのシールが一面に貼ってあった。

「阿波野係長、健康関係からこのライトを探してみて」

「はい」

間もなく、似たのがありますと答えが返ってきた。視力が極端に悪い、弱視や斜視の人はときに普通のライトが辛い、見えにくいと感じることがある。目に優しく照度を細かく調整できるライトが市販されていた。上野の部屋にある様々なものが色彩豊かで、共同で使うスペースのわかりにくいスイッチや危ないテーブルの角などに目立つシールを貼っているのは、気づきやすくするための工夫だろう。

「上野水穂は目が悪いようですね」

垣花が差押え目録をめくり、眼鏡はありますがコンタクトはないです、といった。

「このシーリングライトは結構値がはります。恐らく、十万以上かかりますね」

上野の部屋のライトも同じシリーズのもので、トイレやバス、廊下の灯りも同じだった。それらを揃え、更にブランドものの服やアクセサリーを買うだけの収入が、窃盗だけで得られるだろうか。

ここに来るまでに、千夜と垣花が他の二件の窃盗被害のあった現場を調べたが、ひとつはごく普通の民家で、盗まれたものも現金一万円余と国産ブランドの時計、二件目は商店街の惣菜屋で、売り上げの三万円ちょっととゲーム機。二人が住むアパートは三階建てだがオートロックはあるし、管理会社もあってきちんと清掃されている。家賃も十万円はするだろう。

「その二件の窃盗も共に深夜に起きたものでしょう？　目の悪い上野と組んでそんな犯罪をするかしら」

千夜と垣花と田中が揃って口を半開きにする。

「やはり、窃盗全て冤罪《えんざい》？」

「冤罪というのか。本人らはやったと供述しているんだけどね」

「なんで。なんでそんな自白を」

田中の驚く声に、垣花が被せる。

「なにかを隠そうとしているのでしょうか」

薫は天井のライトを見上げながらいう。

「彼女たちがやっていないのなら、連続窃盗事件の詳細をどうやって知ったのかしらね」

もう誰もなにもいわない。堪えきれなくなったように垣花が床に膝をついた。新聞等である程度は知ることができるかもしれないが、立件できるほどの供述、いや、嘘を吐くために必要な事実関係を、あの二人の若い女性はどうやって得たというのだ。部外者にそんなことはできない。少なくとも、窃盗事件に関与する誰かが教えない限り。

薫はスマートホンを取り出し、香南子に連絡する。

上野水穂が弱視である可能性を告げると、腑に落ちると言葉を返してきた。事情聴取しているあいだの態度が妙だと感じていたという。それもひとつの手がかりとして、二人の背景を調べられるかもしれないと、勢い良く返事をして香南子は電話を切った。

ガラス戸を通して夕方の陽が射し込む。ガラスに貼ったシールが影を作り、床の絨毯《じゅうたん》に奇妙な絵を描いた。

薫はその絵を見て、息子の幼いころを思い出した。

陸が保育所にいたころだった。クレパスや色鉛筆を使って、興味あるものを次々と飽きずに絵にしていく時期だった。落書きと変わらないようなものだったが、楽しそうにしているので薫は裏の白いチラシを集めて渡した。そのうち、陸の絵が妙だと気づいた。目の前にあるものなのに、ひどくぼやけた形でしか描かなかった。子どもなのだからと夫は気にしなかったが、薫は知り合いに聞き合わせ、一度、眼科を受診させることにした。陸が弱視だとわかり、幼いうちに診療すれば治るといわれてほっと胸を撫でおろしたことをはっきりと覚えている。人にもよるが、小さいころに発見し、手当てをすれば治る確率は高い。楽観視した夫とちょっとした諍《いさか》いを起こしたことまで思い出す。

　薫は自分が働いているせいで、陸に寂しさや不自由さを感じさせたくないと強く思っていた。そのことに無頓着な夫の態度が、薫を常にイライラさせた。そのころから既に薫と夫とのあいだには微妙なすれ違いがあったのかもしれない。気づかなかったというよりは、見て見ぬ振りをしてきたのか。問題が小さいうちに解決しようと試みていたなら、大きくならず、治る可能性も充分あっただろうに。

　田中に呼びかけられ、はっと意識を戻した。なに？　と訊き返す。

「このあと、静谷永人の伯父夫婦を訪ねる予定ですが、どうしますか？」

「あ、ええ、もちろん、行きましょう。明日には田舎に戻られるということだったものね」

「わかりました」

　ぞろぞろと三〇五号室を出る。最後に薫が出て、扉を閉めた。

　若い女性が二人、地方から出てきて働いた。二十代半ばで2LDKの部屋を借り、高価だが目にいいシーリングライトを取り付けられるまで、どれほどの苦労をしたのか。どんな仕事をしてきたのか。上野の視力が悪く、コンタクトを持っていないのは、きっと合わなかったのだろう。そんな女性が夜の仕事をするのは難しい筈だ。キャバクラやスナック、クラブで働けないのならどんな仕事をしたのだろう。

7

道下映見が助手席に座って、どうですかという風に大きな目を向けた。

スマホをポケットにしまって香南子は運転席に入る。シートベルトを締めると、エンジンをかけハンドルを出口へと切った。

「明堂係長が人身安全対策課と逐一連絡を取り合ってくれているそうよ。芦尾らの供述をもって、夫である小林の取り調べが始まるみたい」

そういうと道下は満面の笑みを浮かべ、胸のシートベルトをきつく握り締めた。

「良かった。鈴奈さんにこれ以上危害が加えられることはないですね」

興奮がまだ残っているような声で、「実際に、DV案件に関わるのは初めてで緊張しました」という。

香南子が小林鈴奈の態度や家の様子に不審を感じ、かかってきた電話を盗み聞きしろと、道下にこっそり促したのだ。そのお陰で、鈴奈と夫との力関係の異様さが露呈した。

初めてといったけれど、怯えて動揺する鈴奈を力強く抱きかかえ、懸命に落ち着かせようとした態度は、満更でもなかった。わざわざいうことでもないとは思ったが、薫が香南子と道下を組ませた気配りを考えて、短くいう。

「緊張していたわりには鈴奈さんへの対応は良かった。DV被害者は、なかなか警察を味方だと思ってくれないから、ああいうの、大事よ」

「そうですか、なんか自然に動いちゃったんですけど、良かった」と、気のせいか目を潤ませる。「カレシも良くやったって褒めてくれたから、今日は仕事したぁって感じです」

「は？　なに？　どういうこと、なに事件のことを一般人に喋ってんのよ」香南子がハンドルを握りながら、くわっと口を開けて睨みつける。

道下は慌てて手を振り、「大丈夫です。個人名とか詳しいことは、もちろんいってませんし。ただ、可哀想な被害者を抱きしめてあげたって、それだけですよー」という。係長、危ないから前向いてください、と付け足す。

「たとえそれだけでも、いうんじゃないの。相手は一般人なんでしょ、警察には守秘義務があるのを忘れないで」

前を向きながら、褒めるのではなかったと歯軋《はぎし》りする。

はい、といいながらも、カレシにも黙ってててって頼んでますし、信頼関係があるから大丈夫ですというのを無視して、香南子は運転に集中することにした。

ホテルのロビーにあるソファに座りながら、薫は腕時計を確認した。

夕食の時間だが、先方は問題ないといってくれた。エレベータが到着して、葬儀会館で目にした年配の男女が、真っすぐ薫らを目指して歩いてくる。

田中が素早く立ち上がり、薫も立って深く頭を下げた。

ロビーの奥にある小さなカフェに入り、四人掛けの席に向き合って座る。

静谷正二《しょうじ》は六十二歳で、昨年定年を迎え、そのまま嘱託として同じ電気設備の会社に勤めていた。妻の亜矢子《あやこ》は三つ下で、美術の講師をしていたが体調を壊して教職を退いてからは、近くのカルチャースクールで水彩画を教えていると、小さな声で述べた。

主に正二が話をした。亜矢子は隣で頷きながら、時折、手にしたハンカチで目頭を押さえる。

「あれが警察官になるといったとき、わたしらは止した方がいいのじゃないかと思ったんです。実際、はっきり口にもしましたけど、決心は変わらなかったようで」

「やはり、朱里さんがおられたからですか」と薫が訊くと、正二はコーヒーカップを両手でくるむようにして小さく息を吐く。

「そうでしょうな。朱里は気丈夫というのか、しっかりした娘で、両親を亡くしたときはショックでしたでしょうけど、高校生だったからかこれからは自分の力でなんとかしなくてはという、そういう気持ちの方が強かったんじゃないかな。それに比べて永人は、小さいころから気弱な子で、いつも朱里に叱られてばかり」

ふいに亜矢子が顔を上げ、悲痛な声を上げた。

「気弱なんじゃなくて、あの子は優しい子なんです。朱里ちゃんは、うちの世話になることに気を遣う気持ちが強くあったようですけど、でも、永ちゃんはまだやっと中学に入ったばかりだったんですから。まだまだ親に甘えたい年ごろだったんです。そのせいかわたし達にもすぐに馴染んでくれて、お陰で実の息子のように思えましたもの」とハンカチで顔を覆う。正二が労わるように亜矢子の肩を叩き、薫らへと顔を向けた。

「わたしらは子どもがなかったので少しも、というよりはむしろ二人を預かることについては喜んでいたんですよ。だけど、朱里は自分だけでも面倒をかけないようにと、大学入学と同時に家を出て、仕送りもいらないという感じでした。その分、わたしらは永人を可愛がろうと思ったんですが、それがまた朱里には歯痒《はがゆ》く見えたみたいですね」

「歯痒い？　永人さんがご夫妻に甘えているのが、頼りなく見えたということでしょうか」

正二は苦笑いし、頭を掻く。「わたしらもつい子どもと暮らせる毎日が面白くて、甘やかしてしまったようです。構い過ぎて、永人は優しいが一人ではなにも決められないような子になってしまって」

「だけど、警察官になることはあなた方の反対を押しきって決めた」

亜矢子が、「もっと強く止めておけば良かったのよ」と今度は膝に顔を伏せる。その背を撫でさすりながら、正二も目を赤くした。

「永人なりに朱里を思ってのことでしょう。自分と違って苦労して自立した姉のことをずっと気にかけていた。せめて同じ仕事に就いて、近くで見守りたい、いざというときの助けになりたいと思ったみたいです。ですが、わたしには警察のような訓練や規律、上下関係の厳しい仕事があの子に務められるとは思えなかった。やはり、永人が自殺したのは、職場での人間関係が原因でしょうか」

二人が懸命に堪えているのが見て取れた。永人の死の原因には、仕事上の問題が絡んでいるのではと、本当なら激しく追及したい気持ちがあるだろうに、朱里という今もその組織のなかで働く娘がいるから、迷惑がかかってはならないという気持ちを唯一の重石《おもし》として堪えているのだ。それがわかっているから、薫も慎重にならざるを得ないし、答えを避けるためにはずるく逃げるしかないとも思う。

「今、我々がその動機の解明に努めております。そのことで、朱里さんにお尋ねにはなりませんでしたか」

追及の矛先を逸らす。案の定、正二と亜矢子は居心地悪そうな、そしてどこか諦めているような寂しい表情を浮かべた。

「あの子はなにも知らないとしかいいません。永人が警察官になってからも、会ったのは数えるほどだといいますし、どうしてたった二人きりの姉と弟が同じ職場にいてそんな風になるのか。音楽隊というところは、そんなに忙しい部署なのですか」

正二の戸惑うような顔に、さてなんと答えようかと思案していると、隣から亜矢子が絞り出すようにしていった。

「やっぱり、朱里ちゃんは永ちゃんを恨んでいるんですよ。だから、永ちゃんが悩んでいるのにも知らん顔で助けようとしなかったんだわ」

「止しなさい。そんなことある訳ないだろう」

「だって」といったきり、亜矢子はとうとう声を上げて泣き出した。正二が慌てて妻を部屋へ連れ戻そうと立ち上がる。薫は、ここで待つといって見送った。

田中が手帳を閉じながら、深い息を吐いた。目を向けると、テーブルのカップに目を落としたまま、「やりきれないですね。こういう事案は」と呟く。

「あなたはどう思う？　やっぱり職場での苛め、パワハラだと？」

田中は、ちょっと目頭を擦《こす》ると存外に強い目を向けてきた。

「警察の仕事は普通とは違います。だから、一般人には考えられないような厳しい訓練もあるし、普通とは違う考え方もしなくてはならない。そのための教育や指導が、苛めになるのかパワハラになるのか、そう簡単には判断できないと思っています」

「機動隊にはそういう面がいっそう強くあるでしょうね」

小さく頷く。「警察内部では、機動隊こそそういう苛めやパワハラが歴然と存在する部署と思われているでしょう。ですが自分は、誰が見ても不当だ、理不尽だと思えるものでない限り、訓練はみな妥当であると信じます。いえ、必要なことだと思って取り組むべきだと考えます。将来、必ず役に立つ、警察官として結局は、己の身を守ることになる、そういう認識を持って務められない者は、警察を去るべきだとも思っています」

「なるほど」

田中はすっと薫から視線を逸らすと、そのことをわからせるために無茶なやり方を繰り返す人もいるようですが、と小さく漏らした。聞き捉えた薫は、自分にもそういうときがあったし、また辞めた方がいいと考えた同僚や部下とも遭遇したことを思い返す。

エレベータの扉が開いて、正二が一人で歩いてきた。

薫は、辛い思いをさせて申し訳ない、あと一点だけ教えていただけたら失礼しますといった。正二は、「なんですか」と疲れた顔で問う。

「朱里さんが永人さんを恨んでいるかもしれない、その理由をお教え願えませんか」

　葬儀のあとの聴取で、永人が姉から恨まれている、若しくは鬱陶しがられていると呟いていたことがわかった。同じ言葉を亜矢子から聞いて、少なくとも永人が恨まれていると思い込んでいたのは間違いないと思えた。

　正二は言葉に詰まりながらも、覚悟していたような寂しい目を返してきた。

　田中が再び手帳を開く。

　静谷朱里と永人の両親は交通事故で亡くなった。

　朱里は高校生で永人はその春、中学に上がったばかりだった。両親は、会社の同僚の結婚式に出席するため車で出かけていた。めったに行かない地方の街だったので、一泊して翌日観光をしながら帰る予定にしていた。

　夜、留守番をしていた二人が喧嘩《けんか》をし、うっかり足を滑らせた朱里が、転んで怪我《けが》をしてしまった。永人は慌てふためき、病院へ行く騒ぎとなったが、大したことがないとわかって安堵した。念のための検査を待つあいだ、誰もいない待合所で永人は暇潰しとほんの悪戯《いたずら》心から、両親に電話をして大袈裟に告げたのだ。

朱里が怪我をし、救急車で病院に運ばれた。血が酷く出て輸血をしていて、足らなくて自分のまで提供した。姉は手術室で自分も病院で横になっている、とかなんとか。

一旦電話を切ったが、すぐにかけ直して冗談だというつもりだった。そこに姉が検査から戻ってきて、また酷く叱られ、腹を立てた永人は先に帰ることにした。途中、携帯電話を病院に忘れたことに気づき、両親のことを思い出して慌てて戻った。姉から電話を受け取り、叱られながらもかけ直した。応答した両親は、既にホテルを引き払い、自宅に戻ろうと高速道路を疾走していた。すぐに姉が電話口に出て、安心させた。

あとで知ったことだ。両親は急いでいたせいで無茶な運転をし、気の短いドライバーに目をつけられ煽られたのだ。そのため面倒にならないようにとスピードを出して逃れようとした。

「運が悪かったのですよ。ちょうど高速で事故が起きて、車が渋滞していた。そこへスピードを出したまま弟夫婦の車がやって来、事故車を見て慌てたんでしょう、ハンドル操作を誤ったんです」と正二は額をさすりながらいった。

朱里にすれば、永人がつまらない悪戯をしなければ起きなかった事故だと思っただろう。永人もショックを受け、中学の一学期が終わるまで寝込んだ。それから伯父夫婦が二人を引き取り、なんとか元気を取り戻すに至った。

「もちろん、朱里は永人を責めたりはしませんでしたよ。むしろ、気の優しい永人が心に傷を負うのではないかと案じた筈です」

ただ、と正二は目を潤ませる。

「朱里もどうしていいのか、わからなかったのだと思います。永人が責任を感じないように朱里が無理をすれば、永人はそんな朱里を見て無理をさせていると悩む。しまいに、朱里は心を砕くことをしなくなりました。ともかく自立し、ちゃんと生きてゆけばいい。両親が喜ぶような人になろう、他のことは気にせず頑張ればいいと、自身にもいい聞かせたでしょう。永人にも、過去のことよりも前を向いて歩こうと、そう仕向けたつもりだったのじゃないでしょうか」

わたしはそう思っていましたよ、とぽつりといった。

田中が手帳を閉じ、薫は黙ってコーヒーカップを見つめた。そんなことがあったから、永人はわざわざ姉のいる県警を選んで警察官になったのか。身近にいることで、少しでも姉の役に立ち、罪を償いたいと思ったのか。

千夜から聞いた、永人が初めて姉の演舞を見たときの様子が目に浮かぶ。

揃いのコスチュームに身を包み、鮮やかな色のフラッグを振る姉を誇らしく思ったろう。姉を哀しませるような真似をした自分が、姉のパフォーマンスによって励まされている、きっとそう思ったに違いない。

8

千夜は自宅の灯りが点いていないのを訝しく思った。腕時計を見ると、午後八時になろうとしている。

真菜は塾でいないのはわかっているが、夫の克彦は当直明けだから定時どころか、普段よりも早く戻れる筈だ。マンションのドアを開け、廊下を明るくするが、人の気配はおろか、誰かがさっきまでいたという痕跡もなかった。シンと静まり、暖かい日が続いていたのに、部屋のなかはまるで冬のような冷気が漂う。

あえて靴を乱暴に脱ぎ捨て、足音高く奥へと入る。

寝室に鞄《かばん》を置くと、リビングに入って電気を点けた。お腹はすいているのに、なにか食べようとも作ろうという気も起こらない。夫はこれまで千夜より先に帰ったときなど、簡単な料理を作って待っていてくれた。連絡をもらうと千夜は買い物もせず、真っすぐ帰宅するのが常だった。それが、夫が不動産探しをしていると聞いたころからめっきりなくなった気がする。千夜よりも近い勤務先だし、定時で帰れる部署なのに時折、理由もなく遅くなる。

リビングに座ってスマートホンを取り出し、今どこにいるの、とメッセージを送った。少し待ってみるが返事はおろか、既読もつかない。キッチンに行き、冷蔵庫に貼ってある二人の予定表を見る。今日なにか約束があったか確認するが、なにもない。ただ、当直明けとしか書かれていない。コーヒー教室は毎週、木曜日の夜だから明日の欄に記載がある。再び、メッセージを見るが既読がないのを確認して、千夜は和室へと入った。

和タンスと長卓がひとつあるだけの部屋だが、克彦はよくここで仕事を片づけたり、コーヒー教室の資料を整理したりしていた。タンスの引き出しを順番に開けてゆく。大様な人だから、上手にものを隠すということができない。一番下の引き出しの奥からチラシやパンフレットの類《たぐい》が出てきた。

有名なコーヒーメーカーの名前の入った薄青いクリアファイルで、なかに豆の種類や挽《ひ》き方、煎《い》り方などの資料が挟んであり、不動産広告もある。それらを長卓の上に広げ、何枚かの名刺がこぼれ落ちたのを拾う。

不動産会社の社員の名刺、コーヒー豆の販売店の人の名刺、教室の人らしい知らない名刺が数枚。なかに相模原さつきのも一枚ある。そして、パソコンからプリントアウトしたらしい手紙・ハガキの挨拶文の書き方が数枚。文言に、『この度、一身上の都合で～』とあって、思わず紙を強く握りしめた。

そのとき、ドアホンが鳴った。じっと動かず耳を澄ませていると、やがて鍵が回り、扉の開く音がした。誰かいるのか？　千夜？　という呼びかけと共に足音が近づいてくる。和室を覗いた夫が、ぎょっと立ちすくむ気配がした。

「なんだ、いたのか。電気が点いているから誰かいると思ったのに、なんで」といったところで言葉が切れた。ようやく、千夜が手に持っているものに気づいたようだ。

「あ、それ」

千夜はぱっと振り返り、口を開けかけたが、そのまま固まった。克彦は春物のスーツを着て、手に黒の書類鞄を提げていた。夫が働いているのは所轄の交通規制係で制服仕事だ。通勤には大概ポロシャツにチノパンツ、黒いリュックと気楽な格好をしているが、今、目の前にスーツ姿でいるのを見て、一旦家に戻ってどこかに出かけたことを知った。出先は、スーツでないといけないような気の張る場所なのだ。

呆気《あっけ》に取られている千夜の顔を見て、克彦が意を決したように部屋に入って長卓の側に腰を下ろす。そして胡坐《あぐら》を組んだ膝に両手を置き、頭を下げた。

「内緒にしていたつもりじゃないんだけど、いい出しにくかった」

「どういうこと？」それだけしかいえなかった。もっといいたいことや問い詰めたいことが沢山《たくさん》あるのに、口のなかが乾いて声が出せない。

「俺、いつか喫茶店というか、コーヒーショップのようなものをしたいと思っている」

「誰と」

えっ、という顔をし、「誰って、俺がだけど」という。嘘を吐かれたと思った途端、これまで抑えていた感情が一気に噴き上がった。

なぜ今まで黙っていたのか、どうして相談してくれなかったのか。警察を辞める気なのか、どうしてなにもいってくれなかったのかと同じセリフが空転する。それに対して、いや忙しそうだったし、今すぐという話でもないしなどと、あれこれいい訳する克彦の言葉は、千夜の耳をむなしく通り抜ける。そんなことが聞きたいのではない、なにを措《お》いても訊きたいことがある。いいあぐねていたが、慌てた克彦が、「今日は司法書士の先生に会うことになって」といったことで、勢いのままに口から吐き出していた。

「嘘いわないで。今すぐっていう話じゃないっていっておきながら、司法書士だなんておかしいじゃない。相模原さつきさんと会っていたんでしょ？　彼女と一緒に喫茶店をするつもりなの？」

克彦の驚く顔が、いっそう怒りと悲しみを膨らませてゆくのを感じる。都合が悪くなったときに浮かべる苦笑いをして、夫は両手を挙げ、違う違うという。

「なに勘違いしているのかしらないけど、コーヒーショップを開こうとしているのはさつき先生の伯母さんだよ。彼女自身は趣味半分で教室に通っているだけなんだ。伯母さんを紹介してもらって、そこでしばらく働かせてもらえないかって相談はしたよ。実は今日も不動産契約を結ぶというので、今後のためにと同行させてもらったんだ」

克彦の真っすぐ向けてくる目を見て、千夜は興奮する気持ちを抑え、冷静になろうと自分自身を宥《なだ》める。この人は面と向かって問い詰められて、白を切り通せる人ではない。少なくとも目を見ながら嘘の吐ける人ではない筈だ。小さな疑惑の棘《とげ》は残るが、取りあえずは信じようといい聞かせた。

「どうしてなにもいってくれなかったの。ずっと黙っているつもりだったの？　黙って勝手に警察を辞めるつもりだったの？　そんな大事なことひと言もいわないで。第一、どうして辞めなきゃいけないのよ」

「いやあ、警察に勤めていたらバイトはできないだろ？　相模原さんは、手伝ってもらうならちゃんとお金を払いたいというし。どうしようかと悩んでいるなかで、ちらっと辞めることも考えたんだ。けど、さすがに真菜はこれから大学だしさ、無謀なことはできないと考え直した」

「もちろんよ。っていうか、どうしてそういうことをいってくれなかったの。あなたがそんなこと考えてるなんて、ちっとも知らなかった」

「うーん、いい出しにくかったんだよな。気を悪くするかなぁと思ってさ」

「わたしが？　そりゃ警察を辞めることは簡単には承服できないけど、あなたがそんな夢を持っていると知っていれば、わたしだって応援したいと思う」

「え、そう？　別に構わないの？」

千夜は口を閉じ、僅かに身じろぐ。克彦が思うところには、まだなにか別の意図がある気がしてきた。

胡坐の膝を打ちながらいう。

「真菜が大学を卒業して就職したら、もうそれほど家計を回すのに苦労しなくていいだろう？　君は俺よりずっと警察の仕事に向いているから、定年まで働いたらいい。係長の給料なら、夫婦二人の暮らしは充分賄える。俺は喫茶店で働きながらノウハウを覚えて、将来の夢のために頑張らせてもらおうかなって思ってんだ。ただ、千夜の稼ぎを当てにするみたいで、あれかなってちょっと心配でさ。なかなかいい出せなかった」

千夜は絶句した。混乱で頭がくらくら揺れそうになる。

真菜の卒業を待って、ということ？　あと七、八年で警察を辞めようと考えているの？　てっきり、克彦が定年してからの話だと思っていた。公務員という職を棒に振って喫茶店でバイトをするというのか。妻の稼ぎで暮らせるからいいと？　そのために千夜は定年まで警察で働けというのか。その理由が、千夜の方が警察という仕事に向いているから？

克彦は話は終わったとばかりに立ち上がる。スーツの上着を脱ぎながら、リビングへ入った。

ワイシャツの背が心なしか弾んでいるように見える。抱えていた秘密をようやく口にでき、肩の荷を下ろしてほっとしたのか。これからは堂々と夢を叶《かな》えるため、未来設計を書き直せると欣喜《きんき》する気持ちが湧いたのか。

キッチンの蛇口をひねって、克彦が手を洗う。そして、「なんか作ろうか。晩飯まだだろ。ちゃちゃっと旨《うま》いもの作るよ」と冷蔵庫を開ける。千夜はそんな克彦から目を逸らすように、和室の長卓の上にあるパンフレットや資料に視線を落とした。

克彦の夢は自分の夢でもあるのだろうか。その夢のため、生活のため、千夜は警察を辞めずに働き続ける。嫌なことがあっても、理不尽な思いをさせられても、残業で夜遅く帰ることになっても、辛くてしんどいことがあっても、辞めることはできない。

これまで男性の多くはそういう役割を生きてきた。それが当たり前と、ひと知れず夢を諦めて家族のために働き続けた人もいただろう。女性だから、そういうしがらみから逃れていいというものでもない。仕事はできる者がやればいい。千夜は克彦より階級が上で、その分給料も多いのだから理に適《かな》っている。頭ではわかっているが、だからといって、なぜわたしがそういうライフスタイルを選ばなくてはならないのか。千夜にとっての〝普通〟は夫婦共働き、もし中途退職するならそれは妻の方で、定年まで働くのは夫の方だというものだった。

妻の役職が上など、今の時代どうということもないと思う自分がいて、一方では働き続けるのは夫だという思い込みに囚《とら》われている自分もいる。その矛盾に気づいて戸惑う。

『君は俺よりずっと向いている』という言葉が、警部補試験に先に通ったことを意味するのかと、当時にも感じた小さな引け目を胸の奥に再び浮かび上がらせる。同時に、もしかしたら克彦は、妻が先に昇任したことを快く思っていなかったのだろうかという思考が姿を現す。

千夜は警部補で、しかも今春には本部へ異動した。警察組織は狭く、阿波野という名字から、克彦の妻が警部補で本部勤務ということは知れ渡る。勤務先の所轄で、そんなことが話題になるのは仕方がないことだ。いずれ夫も昇任するだろうし、異動もある、だから大したことではないと思っていた。コーヒー教室に通うといいだしたとき、警部補試験に集中しなくていいのだろうかと微かに案じた。克彦はあのとき既に、昇任はおろか警察官を続けてゆくことに意欲を持てなくなっていたのではないか。だとすれば、こうなった原因の一端は自分にある。

余りに唐突に、なにもかも知ってしまったことで脳内が膨張して破裂しそうだ。混乱が極まって、自身の感情のふり幅がわからなくなっていた。怒っていいのか、傷ついていいのか、我慢すべきなのか、拒絶すべきなのか、なにもわからない。

キッチンから流れてくるいい匂いを遮るように、千夜は口元を掌で覆った。

9

高速を降りるとそのまま市道に入り、Y県S市の駅へと向かう。

途中で駅前のホテルに宿泊の予約を入れた。すぐにホテルの駐車場に車を入れ、チェックインをすませると、香南子と道下は、軽く身だしなみを整えて、再びホテルをあとにした。

駅の裏手には、どこの街にもあるようなありふれた飲み屋街が広がっていた。そのなかの一軒のスナックを目指す。

芦尾ナオの、地元における最後の居場所だった。

芦尾はこのS市で生まれ、十七歳まで育った。高校は中退。小学生のころに両親は離婚、母親と共に暮らしていたが年下の男と再婚したため、十六歳のナオは追い出されるようにして父方の叔母が経営するスナックで住み込みで働き始めた。

一方の上野水穂は、シングルマザーの家庭で育ち、夜の仕事を続ける母親からほとんど育児放棄のような扱いを受けた。市役所生活保護課や福祉協議会、児童相談所などの介入によってかろうじて成長できたようなものらしい。芦尾とは同じ団地で暮らし、小、中、高と同じ学校に通い、同時期に中退してそのまま揃ってこのS市から消えた。

開店してまだそれほど経っていない時刻だったが、既に客が一人カウンター席に座っていた。店は出入り口から細長く奥に延び、カウンター席と反対の壁際にスツールとテーブルがいくつか並ぶ。床には赤い絨毯が敷かれ、天井近くにカラオケ用のディスプレイ、棚にはボトルがあって、その端にひまわりの造花。ごく普通の光景だ。

香南子がバッジを見せ、スナックのママである芦尾杏子《きょうこ》にナオのことで聞きたいと告げると、驚いた顔をしながらも、すぐに元気なのかと訊き返してきた。

ある事件で拘束されているというと納得したように頷く。そしてカウンターから出ると、酒を飲んでいた客の背に手をかけて、「悪いけど、またあとで来てくれない？」といった。

え、という顔をする客の襟首を引っ張るようにして立ち上がらせ、戸口まで追い立てる。常連客らしく、怪訝そうな顔をしながらも大人しく出て行った。

送り出したあと、杏子は夜目にもわかる厚い化粧をした顔を近づけて、カウンターのスツールに腰かけるよう促した。自身も隣に腰かけるとマニキュアに視線を落として、「生きていたんだ」と呟いた。

「なにをして捕まったの」と訊くので、窃盗だというと意外そうな顔をした。笑いながら、「売春相手ともめて刺したのかと思った」という。芦尾の前歴に暴行や器物損壊はあったが、売春行為はなかった。そういうと杏子は肩をすくめた。

「若い女が事件を起こすなら大抵男がらみでしょう。ナオの容姿は悪くなかったし、うちでも人気があって客からよくいい寄られていたもの」という。

「当時、付き合っていた男性がいたんですか？」

香南子が訊くと、また肩をすくめる。

「一応、高校生だったしね。わたしも気を遣って妙な男は近づけないようにしてたわよ。第一、あの子自身、大人の男は疎んじていたと思うよ。母親の再婚相手から襲われかけて、酒瓶で殴りつけた前科があるからね」と笑う。上野水穂のことを訊くと、最初は知らないといったが、粘って問い質しているうち、ふと天井を見上げて、ああと唸《うな》った。

「あの眼鏡の子かな？」と杏子は視線を下ろして、なぜか道下を見つめた。「お宅とは正反対の雰囲気の子だったよ。地味で、陰気な感じの子でさ、ナオの住んでいた同じ団地の子らしくて、いうなれば幼馴染ってやつ？」

芦尾ナオが家を追い出されるようにして杏子のもとに来てからも、昼間、二人で歩いているのを見かけたといった。高校をサボって近くの堤防で二人並んで座っていることがあったとまた笑う。

「二人は同じ時期に一緒にこの街を出たようですけど、その理由に思い当たることは？」

さあ、と杏子は形ばかりに首を傾げる。

「気づいたらいなくなってたのよ。無理やり連れ戻すような年齢でもなかったしさ、ここにいたって先は知れているから放っておいた」

色々アプローチを変えて話を聞いたあと、ドアを開けて新たな客が顔を覗かせたのを見て、礼をいって席を立つ。客と入れ替わるようにドアから半身を出したところで、杏子が道下を見ながらぼそりといった。

「この街では嫌なことばっかだったろうけど、ナオが一人でなかったことが救いだったね」

「上野水穂のことですか」と香南子がいうと、うんと頷き、今ちょっと思い出したと薄く笑った。本心から浮かんだ笑みのように見えた。

「昔、兄がまだいたころ団地を訪ねたら、二人が敷地内にある公園で遊んでいたのよ。ナオとたぶん、その水穂って子。なにがおかしいのか笑い転げて、あたしが土産に持って行った回転焼きをひとつやると、ナオが二つに割って大きい方を水穂って子にやったの。そうしたらその子は目をくっつけるようにして割れた回転焼きを見比べて、自分のを小さくちぎってまたナオに返したのよ」

おかしな子だなとそのとき思ったけどね、と杏子は片手を振ってすぐに背を向けた。甲高い声で、「久しぶりじゃないのぉー」といいながら、客を追って気怠《けだる》そうに歩いて行くのを見つめた。道下が、「ありがとうございました」といいながら、ゆっくりドアを閉めた。

第三章

1

翌木曜日。上野、芦尾の勾留期限満期まであと九日である。

早々にホテルをチェックアウトした香南子らは、まず薫に今日の予定などを連絡する。そのあと九時になるのを待って、S市役所へと赴いた。

生活保護課、福祉課を順番に当たる。個人情報なので教えてもらえることは僅かだが、それでも上野水穂という名は確認できた。概ね想像した通りだったが、念のためと児童相談所にも向かう。

警務部長を通してY県警に協力を頼み、S警察署の生活安全課の捜査員が手を貸してくれることになった。まだ三十代半ばくらいの巡査長で、芦尾らのことは直接知らないので当時の記録を持参したという。その上、なにがしかの事件で知り合ったとかで、相談所の親しい職員を紹介してくれることになった。

別室で顔を合わせた児相の相談員はまだ三十手前くらいの女性で、生安課の捜査員とはどうやら親しい以上の関係のようだった。そのお陰で、わりと踏み込んだこともこっそり教えてもらえた。

「上野水穂さんは、何度かうちで保護していますね。最初は育児放棄で水穂さんの母親と面談し、説諭の上、本人は家に戻しています。それからまた育児放棄、DVもあって再び保護、母親への説諭、指導の上、市役所の生活保護課と連携してまた戻しています」

水穂の目のことを尋ねると女性は、残念です、もっと早くに気づいていればと悔やむ言葉を担当でもないのに述べた。育児をする気のない母親が、子どもの目の不調に気づくことなどないだろう。たとえ気づいたとしても、医者にかからせようとか、誰かに相談しようとかは考えない。母親はむしろ、水穂の目つきが悪い、上目遣いで睨むといっては怒りに任せて手を上げていたりしたようだ。児相に連れてこられて、職員がおかしいと気づいてようやく判明した。既に小学校の高学年となっていて、治療を施したが良い結果には至らなかった。

「その過程で、芦尾ナオという女性の存在は把握されていませんか。水穂さんと同じ歳で同じ団地に住んでいたんですが」

児童相談所の女性は眉をひそめると、僅かのあいだ書類に目を落とし、そのままちらりと付き合っているらしい生安の捜査員へと視線を流した。道下がすかさず、お願いしますっと声を張った。香南子も児相の女性も、捜査員さえも跳ねるように驚く。女性は道下を見て頬を弛めると、小さく頷いた。

「こちらに来られる前に市役所に寄られたんですよね。そこではなにも？」

どういうことかと尋ね返すと、当然でしょうね、と諦めたような息を吐く。

市役所生活福祉課で、あってはならない不祥事が起きていた。児相の女性は話すほどに怒りで興奮し、どんどん饒舌になっていった。

生活福祉課の男性職員は、当時、高校生になったばかりの上野水穂にわりのいいアルバイトだといいくるめ、風俗店で働かせたのだ。その職員は紹介料をもらい、売り上げのいくらかを搾取していた。水穂が不審に思って問い質すと、目の悪いのにつけ込んでサインさせた偽の雇用契約書を持ち出し、勝手に辞めると保証人になった母親は多大な賠償料を払うことになると脅した。まともに食事も与えられず、ときに暴力を振るわれても、実の母親だ。水穂は他愛なくその脅しに屈した。それからずい分、嫌なことも我慢し続けたらしい。そんな水穂の苦境を知った芦尾ナオは実力行使に出た。

「えっ。傷害？」

そういえば、芦尾には暴行の前歴もあった。かっとなると手が出て、見境なく相手を叩きのめす粗暴な一面があるようだ。

「その市役所の職員を襲って、水穂さんを騙《だま》したことを白状させ、それを録音して訴え出たのです。本来なら傷害罪とか暴行罪になるのでしょうけど、当時は」

児相の女性はそのまま口を閉じ、申し訳なさそうに生安の捜査員を見やる。きっとこれまでにも話し合ったことなのだろう。男性は、大丈夫だという風に優しく見つめ返す。

市役所側は芦尾の暴行に目を瞑り、上野親子にも充分な賠償を与え、和解という体裁を取って職員の違法行為をウヤムヤにした。もちろん、当の職員は辞めているが、その件は今も箝口令《かんこうれい》が敷かれている。

「小さな記事にはなりましたけど、取り立てて問題にされることはありませんでした。うちもちゃんと家宅訪問して把握していれば防げたことで、ヘタに騒げばこちらの責任も問われるということから、内々で話し合って、これで終わりにしようということになったようです」

九年前なら、この女性はまだ勤めだす前か。そんな裏事情は知らなかっただろうし、知ったとしてもどうすることもできない。なのに恥じ入るように顔を赤く染め、俯いて唇を噛む。

役所同士のなあなあで片づけるなどもっての外と思うが、そういう自分もまた役所の一端に身を置く者だと気づいて、その場にいた警察側三人も揃って頭を垂れた。

厚く礼をいって児童相談所をあとにする。

生活安全課の捜査員にも協力に対する礼を述べる。別れようとしたとき、もう一人、会って行きませんかといわれた。芦尾ナオと上野水穂を教えた高校の教師だという。

捜査員は当時の記録を繰ったなかにその教師の名を見つけて、連絡を取ってみた。生活指導の女性教師で、芦尾と上野が十七歳のときに起こした問題を担当していた。二人の関係性や、その性格などを知るには一番いい人ではないかと思ったらしい。今は勇退しているが、女性教師は捜査員からの連絡を受けて、静かに待っていてくれた。そして芦尾らの現在の様子を聞くと酷く哀しそうな表情を浮かべた。

「確かに素行の良くない二人でした。その過酷な境遇を思えば、憐《あわ》れむべきところがありましたが、十七歳にもなると歪んだ心を矯《た》めるのはそう易《やす》いことではありませんでした。実際、わたしがあれこれ尽くしたといっても、気づけば二人揃って姿を消すという結末を見るような有様なのですから、なにをかいわんやですし」

ただ、と元教師は眼鏡の奥から遠い目を投げる。

「芦尾も上野も、変ないい方ですが妙に律儀なところがありましたよ。借りたら返す、助けられたら助け返す、という風な。それもおかしな理屈でしたが」

「おかしな理屈で?」

「ええ。たとえば、こんなことがありました」

　芦尾ナオと上野水穂が学校をサボってゲームセンターにいたときだ。近くで中学生男子が苛めを受けていた。上級生にいいように使われ、金を巻き上げられていたのだ。芦尾らはそんな様子には我関せずでゲームを続けていた。そのうち、芦尾のコインが転がって機械の下に潜り込んでしまった。気づいた中学生が、屈んで細い腕を伸ばして拾ってくれたのだ。それで芦尾らは再びゲームを続け、景品を手に入れることができた。

　別の日の帰り道、同じ中学生が上級生達に金をせびられ、断っては殴られ蹴られるという場に遭遇した。芦尾と上野はたまたま通りかかった車を無理に止め、運転手に持っていたナイフを突きつけ、車を奪うと二人してその上級生らを追い回したのだ。かろうじて大怪我は免れたが、無傷ではすまなかった。当然、車を奪ったことも問題になって、女性教師は担任や教頭らと共に警察に駆けつけた。

　二人はけろりとした顔で、コインを拾ってもらったから、そのお陰で可愛いぬいぐるみをゲットできたから助けてあげようと思ったといった。へたをすれば相手は死んだかもしれないのよと叱ると、それがなんだという風に小首を傾げただけだった。コインを拾ってもらったことに対して返す温情の域ではないでしょうといったが、二人は黙って肩をすくめた。

「その場に居合わせた大人はみなぞっとしました。わたしもですが、それでもどこか憎めない気がしたのも事実です」

その後、二人は家裁で裁きを受けたが、相手が素行の悪い中学生で、こちらは女子二人で苛めを止めようという意図があったことから、なんとか保護観察ですんだ。

二人が揃ってS市を出た理由に心当たりはないかと尋ねると、固く目を瞑った。

細い筋ばった喉を鳴らして、深い息を長々と吐き出す。

「それこそ、我々大人の責任でしょうね」

芦尾らが私刑を加えた中学生の一人には、質《たち》の悪い連中が付いていた。いわゆる半グレで、そのグループから芦尾らは狙われた。教師らはそのことに気づき、警察と協力して二人をなんとか守ろうとしたが、連中は執拗だった。

「逃げた方がいいかもしれないと、いったのはわたしです」

このままでは二人は大変なことになる。警察や学校、行政では限界があり、二人を始終見守ることはできない。遠からず二人は酷い目に遭うとわかっていた。そういって女性教師は己を蔑むような薄い笑いを浮かべた。その笑みが、芦尾ナオの叔母である杏子と似ていると思ったのは香南子だけかもしれない。

「それで二人は逃げるようにしてここを出た」

香南子が繰り返すと、しんみりした顔で呟く。

「考えに考えて、考えあぐねてつい放った言葉でしたが、今こうして警察を迎えることになったということは、やはり自分は愚かな真似をしたのでしょうね」と悔やむ。

香南子も道下もなにもいえない。誰にもわからないことだ。ただ、そのときの芦尾ナオと上野水穂には、このS市で守るべきもの、支えとすべきものがなにもなかったということだけはわかる。

女性教師は、手にずっと握っていたものをそっとテーブルの上に置いて、香南子の方へと滑らせた。

「それからもう八年になりますけど、二年前に一度だけ、ハガキをもらいました」

「見せてもらってもよろしいですか」

頷いたのを見て、香南子は指を伸ばして引き寄せる。道下が隣から覗き込む。

『元気にしてます。働くことになりました。スーツを買ってもらいました。ナオが紺色、水穂がグリーンのです。先生も元気で』

差出人は、芦尾と上野の連名で、住所はない。消印は、T県戸川市となっている。日付は確かに二年前の秋だ。

「二十三歳になってようやく息が吐けたということかと思いました。自分達の故郷を思い出すだけの気持ちの余裕ができたのだと安堵しました。長い胸のつかえが下りたと思ったのですが」

窃盗事件といわれたが、どういう案件なのかと尋ねられ、香南子はそれ以上はちょっとと断る。元教師は納得した目をして、余計なことかも知れませんがと前置きしていう。

「ここにスーツを買ってもらったとありますでしょ」

香南子も道下も気づいていた。

「誰かが芦尾ナオや上野水穂にその仕事をあてがっているのではと思いました。それから二年も経たないうちに窃盗で逮捕されたのですから、満更、その人間が関わっていないともいいきれませんよね。勝手な思い込みかもしれませんが、あの二人は、確かに犯罪をなすことに対する罪悪感が人より弱いところがあります。ですが、自ら進んでそういうことをする子ではないとわたしは考えます」

「誰かに唆《そそのか》された、無理やり引き込まれたと?」

思案するように眉根を寄せ、視線を泳がせる。

「そこまではいいませんが。ただ、少なくともあの子達には、あの子達なりの……なんというのでしょう、正義みたいなものがあるのだと思うのです」

隣で道下が、すうっと息を吸う音がした。香南子らは、ハガキを借り受けるための書類を作り、丁寧に頭を下げて元教師の自宅を出た。

生安の捜査員にも礼をいって別れ、再び車に乗って来た道を戻る。

途中、休憩した際、道下は例によってカレシに電話していたが、なぜか離れた場所でなく耳を澄ませば香南子にも聞こえるような距離で話した。他愛のない話だった。終わると、にこにこした顔で、さあ帰りましょうという。

車のなかでこれまで聴取したことなどをさらうようにして話し合う。やがて高速の標示にT県の文字が見えるころになって、道下がいった。

「今日伺った先に、九久見の刑事は誰も行ってなかったみたいですね」

協力に応じてくれたS署生安の男性捜査員も、そういうことはなかったといった。うーん、と唸りながら香南子はハンドルを握る手に力を入れる。までもなく、九久見署刑事課の取り調べは、余りにも杜撰《ずさん》だ。同じ組織の人間だから、たとえ道下にでも悪口めいたことは控えたいが、それでも眉間に皺が寄ってくるのを抑えられない。

芦尾と上野のY県における過去を精査することもなく、二人がT県に来てからどんな暮らしや仕事をしていたのかも詳《つまび》らかにしていない。二人の供述と物証だけで立件している。送検してから色々指摘はされただろうが、それでも改めて調べようとした気配もない。いったい、どういうことなのだろう。

どんどん目が吊り上がる。それを横目で見ていた道下が、慌てたように話を振る。

「そういえば、あの女の先生、なにげに核心をついていましたね。あの二人には二人なりの正義があるって、これ当たってる気がしません？」

香南子は黙って前を見続ける。

「だって結局、小林鈴奈さんのために、暴漢がご主人だったことを証言してくれた訳ですから。塙係長が、本当のことをいってくれないと鈴奈さんを助けられないって脅したお陰もありますけど、思った以上にあっさり窃盗の供述を撤回しましたよね」

「ちょっと、人聞きの悪いことといわないで。脅してなんかいない」

「はい。でも、無視することもできたのに、しなかった」

ふんと鼻から盛大に息を吐く。「特に上野水穂は、自身も虐待を受けていたし、芦尾ナオも家族の愛情に乏しいまま育った。そんな二人だから、いわれのない暴力や圧力に抑えつけられている鈴奈さんの気持ちが身に沁《し》みて理解できたのかもしれない」

「係長は所轄の少年係でしたよね。やっぱこういう案件には慣れているんでしょうね」

「小さい所轄で女性捜査員が少なかったから、援助交際や痴漢事案なんかが発生すると忙しかった」

「ふうん。少年係って難しそう。やりたい気持ちもあるけど、どこかで怯む気持ちもあるんですよね」

「少年係、希望？」

「そう思って警察に入ったんですけど。実際、身近で見るようになってなんていうか、あたしなんかに芦尾や上野みたいな境遇の子らの気持ちがちゃんと理解できるかな、親身になれるかなぁって、そう思うと自信がないっていうか」

「バカッ。理解なんかできる訳ないじゃないっ」

シートの上で道下の肩が跳ねる。いきなり怒鳴られ、きょとんとしたあと、恐る恐るというように運転席を窺《うかが》う。香南子は元々吊り気味の目を更に吊り上げ、前を睨んでいう。

「わたし達は警察官なのよ。教師でも児相の相談員でもない。ましてや母親でも父親でも姉弟でもない。ただの法の番人。法を破る者を摘発するのが仕事。そんな人間が、たとえ未成年であれ、罪を犯した者の心情を推し量るなんておこがましい」

「え？」

「ただし、ひとつも取りこぼさないようにすべきとは思っている」

「取りこぼさない？」

「そう。被疑者となった人間の過去、身上、経歴、犯罪に至った経緯、調べ尽くして聴き取り尽くした全てを調書に書き込む。その調書から、どうしてそんな罪を犯すようになったのか、誰かがちゃんと推し量れるように。たとえば検事が、弁護士が、裁判官が、保護司が、児相や身内が、きちんとそこを見極めて、被疑者と向き合うことができるように。そんな調書をわたし達は作らないといけない」

そのための作業を九久見の刑事は怠った。同じ警察官として悔しさが湧き上がる。隣で道下が黙り込んだのに気づき、香南子が横目で見ると、スマホの画面を物凄いスピードで打っていた。肩の力が抜けるのを感じ、つい呆れた声で、またカレシ？と訊く。道下はシートの背もたれに深く身を沈めながら、「いえ、メモっておこうと思って」と応えた。

香南子は視線をフロントガラスの向こうに返し、口元が弛みかけるのを堪える。かつて自分もそうしたことを思い出したのだ。その教えを垂れてくれた先輩に叱られ、泣きながらも必死でメモに取った。あのときは手帳にペンで書き込んだのだけれど。

薫は出勤するなり、香南子から今日一日、市役所や児相を当たるという連絡を受けた。そのことを他の三人に知らせ、その後、本部の駐車場へと下りた。田中が車の用意をして運転席で待っている。今日は朝から大貫署に行き、更に詳しく話を聞きたい人物と面談することになっていた。

2

奥山交番の正岡巡査部長だ。今日、正岡のいる一係は日勤で、九時過ぎには本署で準備を終えて各交番に向かうことになっている。その前に出向くことにした。

阿波野千夜と垣花は、九久見の窃盗案件を引き続き調べることになっている。ドアを開け、シートベルトを締めながら、今朝、その二人から受けた報告を思い返した。

芦尾らを職質した若い刑事課の菅原巡査の態度に不審な点が見られたため、垣花が個人的に呼び出して問い詰めたそうだ。刑事課の経験もあるし、菅原の立場も気持ちもわかるという垣花が手を尽くして白状させた。

菅原が自ら芦尾と上野に声をかけたのではなかった。一緒にいた田添巡査部長に職質するよういわれ、更には持ち物を調べろと指示された。その挙句、窃盗被害の品物と思《おぼ》しきものが出てきて任意同行となったのだ。所持していたのが盗まれた札と判明するや、手柄になるからと田添にいわれて口裏を合わせた。気になるのはそれに続く話だ。

そのエリアを巡回することにしたのも田添の考えかと訊くと、菅原は観念したように頷いた。そして驚いたことに、田添はまるで最初から狙ったようにその道へと向かったという。時折、腕時計を見、携帯電話を見ながら歩き、しばらくウロウロしていたところに芦尾と上野が現れたのだ。

うーん、と薫は思わず唸り声を発した。田中が察して、「どういうことなんでしょう。田添主任には芦尾らが現場に来るのがわかっていたということでしょうか。しかも、両名は例の桑田塗装の窃盗犯ではなかったのに、窃盗の被害品である証拠の札を持っていた。妙な話です」といいながらエンジンボタンを押す。

「思った以上に始末の悪い事案になりそう」

薫は、千夜や垣花の様子を思い返しながら新たな不安に苛《さいな》まれる。相手は所轄の刑事課だ。しかも課長は元県警捜査一課にいた猛者《もさ》で、周囲の捜査員はその意を汲んだ子飼いばかりだという。係長ごときがどうにかできる相手ではないかもしれない。

しかも今日の千夜の様子が気になる。普段、落ち着いた態度を崩さず、常に丁寧な物言いをするのに、垣花のちょっとした手際の悪さを苛立つように注意した。気になった薫が、男性二人が席を外した隙を狙って世間話を振ってみた。

『今どきは塾ってどれくらいかかるものなの』

薫にしてみれば、息子の陸が通っていたのはもう十四、五年も前の話だから、ずい分と変わっただろうと思っただけなのだ。だが、千夜は過敏に反応し、『大したことありません。うちは夫婦二人共働きですから』といいきり、話の接ぎ穂を失くして薫は口を閉じた。すぐに千夜はまずいことをいったと感じたらしく、『すみません。ここのところ娘がまともに口を利いてくれなくて。その、そういうつもりでいったんじゃないです』と妙ないい訳をした。その恐縮した顔を見て気づいた。薫は離婚しているが、自分は大丈夫だといいたかったのだろう。

同僚であれ、個人的な話は慎まねばならない。向こうからいわない限りは詮索すべきではないと思いつつも、千夜になにかあったのか気にはなる。

年代の違う女性ばかりが集まって立ち上げた部署で、昔のように飲み会をして関係性を深めようというやり方は通らない。なら、どうやって互いの信頼関係を深めてゆけばいいのかと悩んでいた。だが、そんな必要はないと陸からいわれた。

同じ目的で同じ仕事をするのだからそれで充分じゃないか、というのが今どきの考え方らしい。警察という仕事の特殊性から考えれば、どこか納得できない気持ちもあるが、これればかりは一般の仕事をする陸と話しても解決はみないだろう。

そう思ったとき、同じ警察官を夫にした千夜のことを改めてうらやましく感じたのだ。別れた夫は一般企業の人だったから、仕事のことで愚痴めいた話をすることはあっても、相談したり、悩みを解決する手助けをしてもらうことはなかった。そういう薫も、夫のために親身になったことがあったろうかと遠い記憶を探る。

着きましたよ、という田中の声にはっと顔を上げる。時計を見て、朝礼が終わるころだろうと見当をつけ、四階の地域課へと一気に階段を上った。

講堂での朝礼が終わった場に出くわし、ちりぢりになってゆく制服警察官のなかから活動服を着た地域課員を捜す。先に、一係の持田係長が気づいて声をかけてきた。正岡主任と面談したいというと、以前入った地域課員の待機室へと案内される。

長テーブルを講義型に並べた部屋には、紺の制服が二十人近くも集まって雑然としていた。持田係長が大声で呼ぶと、隅のテーブルで背を曲げていた五十前後の男性がのろのろと立ち上がってこちらを向く。そして、薫や田中の顔を見ると、顔じゅうを不快そうに歪めた。

「正岡主任です」と持田が紹介する。近づいてきた男は、ちゃんと制服を着ているのになぜか崩れて見えた。ネクタイを弛めて、上着のボタンを外しているからだけでなく、全身から倦怠感《けんたいかん》のようなものが滲み出ている気がする。白髪混じりの強《こわ》そうな髪に手を当て、薫を見ずに田中にだけ首を振って挨拶をする。持田が、正岡を見てきつく眉根を寄せ、硬い口調でいう。

「正岡主任、こちら事件課の明堂係長と田中巡査長だ。静谷の件で話を聞きたいそうだから下の会議室へ一緒に行ってくれ。交番へ行くのは遅れて構わないので、終わったら地域課まで知らせに来るように」

正岡は眠たげな目つきのまま、垂れるように頷くと重い足取りでドアを開けた。すぐあとを持田が続き、薫と田中が歩き出す。するといきなり、正岡さん、と声が上がった。薫だけでなく、部屋にいた地域課員までもぎょっと動きを止めるほどの大声だった。

持田が慌てて廊下へ飛び出した。正岡がいきなり駆け出したようで、すぐに田中が察してあとを追う。その数秒後、短い悲鳴のような声が聞こえ、なにかが転がり落ちる鈍い音が廊下じゅうに響き渡った。

薫と田中が廊下の先にある階段まで行くと、持田が階段を駆け下りようとしていた。踊り場には正岡が身をよじって倒れていて、目を瞑ったまま呻《うめ》き声を上げていた。

「田中、救急車っ」

「はい」

薫と持田が側にひざまずいて声をかけるが、正岡は顔色を青くして唸るばかりだ。

「いったい、どうしてこんなことに」薫が訊くと、持田は左右に首を振ったあと、

「突然駆け出して、あっと思う間もなく転がり落ちた」といって片手で頭を掻きむしる。

「なんで逃げるような真似をしたんだ」

顔を上げて、階段の途中でスマホを耳に当てている田中を見やると、更にその上の階段口から一係の地域課員が覗き込んで言葉を失っている姿が見えた。なかに元取交番の村木主任もいて、薫の視線に気づくとすっと体を引いた。何人かが、大丈夫ですかと声をかけてくる。

「頭は打っていないと思うが、念のため病院に連れてゆく。誰か、部屋に行って地域総務の人間を呼んできてくれんか。あと全員一旦、待機室に戻れ」

持田が口早に指示するのに何人かが頷き、一人二人と部屋へ戻って行く。もう村木の姿はなかった。

持田係長と田中が救急車に同乗し、管内にある総合病院へ搬送する。

薫は、騒然とする地域課で腕を組み、立ち尽くしていた。

一番奥にある席は空だ。少し前まで地域課長が座って両手で頭を抱えていたが、

署長から呼び出しを受けて、慌てふためいて出て行った。

薫は持参した鞄を引き寄せながら、正岡主任はなぜ逃げ出したのか考える。尋問されれば隠し通せないことがあったからか。たとえそうであれ、署から、しかも制服姿で逃げていったいどこへ隠れるというのだ。

目の前を今日の当務勤務である二係の生尾係長が横切る。持田の代わりに一係の拳銃装備を始めるため待機室に行くのだろう。薫はすぐに呼び止めた。

「申し訳ないけど、これを見てもらえませんか」と鞄からタブレットを取り出し、他の係長らにも声をかける。

朝のこの時間帯には、日勤、当務、当務明け、それぞれ担当の係長が全員揃っている。当務である二係の係員は日勤勤務員が配置に出たあと、少し遅れてやって来る。そして日勤員が交番に出向くと入れ替わりに当務明けの三係が戻ってくることになる。一番、地域課員の出入りが激しいときで、逆にいえば多くの人間と顔を合わせることができるのだ。

机の上で画面を拡大し、元取交番の二階が映っている映像を流して見せた。交番横にあるビルに設置されていたカメラ映像だ。昨日入手し、すぐに本部の捜査支援分析課で鮮明化してもらっていた。

二階でもめている人の姿を見て、その場にいた何人かが呻く声を上げ、やがて押し黙る。

「いくつかの顔が確認できました」とズームし、薫はその場にいる係長に、これは誰かと尋ねた。地域総務の主任が左右を見渡し、誰も答えようとしないのを見て仕方がないという風に、「一係の曽根《そね》と加藤《かとう》、それとこっちは」と言葉尻を消した。

一係の前野係長に目を向ける。去年、大貫に来たばかりとはいえ上司なのだ。薫が見つめているのに気づくと、くっと喉の奥を鳴らし、「正岡さんかと」と前野は渋々答えた。

三人については、既に職員データ検索で調べていたことで、きちんと報告してくれたことにホッとする。正岡については横顔だけだったが、先ほどの逃走劇で逆に確信が得られた。

「彼らは元取交番の勤務ではないですよね」

全員が頷く。もちろん、なにか用があって他の交番に出向くことはあるが、二階の仮眠室でよってたかってすることなどなにもない。

そこに課長が戻ってきて、「なにやってる。早く一係の連中の拳銃装備をさせて配置に就かせろ」と怒鳴った。生尾係長が飛んで行き、課長の耳元に囁く。険のある顔はたちまち真っ赤に染まり、ひと回り膨らんだかのように見えた。突進してきて係長らを押しのけると、映像を覗き込んだ。悔し紛れのように、「これだけでは

苛めがあったとはいいきれない」といった。薫はその言質を待っていたかのように、

「では確認させてください」と告げた。

取りあえず、曽根と加藤の二人を残して、他の一係の係員は交番に配置させる。間もなく当務員が署に出勤してくるし、一係と入れ替わりに三係も戻ってくる。薫は、会議室を借りることにして、田中が病院から戻り次第、曽根らの尋問を行うといった。

課長は最初、自分も立ち会うと抵抗したが、薫ははっきり断る。

「これは事件課の仕事です。大貫署の方は全員関係者とみなされますのでご遠慮ください」

暗にこの事実を隠していたのではないかとほのめかされ、地域課長は赤い顔を青く変え、他の係長らも唖然《あぜん》と立ち尽くす。

間もなく田中が戻ってきて、正岡主任は大事に至らないと報告した。

「足を捻挫していて、あとは体の打撲。頭を打っていないか精密検査をするため、今日一日入院することになりました。持田係長がもう少し様子を見ると残っておられますが、誰かつけなくて大丈夫でしょうか？」

正岡も苛めに加担していたと思われるから、放っておくのは不安がある。薫は警務部長に連絡して、誰か寄越してもらうように頼んだ。田中は頷き、二人で会議室

に向かう。

地域総務の主任に付き添われ、まず一係の曽根巡査長が入ってきた。もう一人の加藤は地域課で待機させている。

曽根は三十三歳で、背は低いががっしりした体格をしていた。制服の上からでも胸板の厚さや腕の筋肉の盛り上がりようがわかる。聞けば柔道三段の猛者で、特練生として柔剣道大会にも出ているらしい。

会議室の長テーブルを挟んで向き合う。

薫がタブレットを示すと、ちらりと視線を流し、すぐに顔を上げた。椅子のなかで姿勢を正し、両手を膝の上に置いたまま、張りのある声ではっきりと告げた。

「自分は静谷に対して苛めを行っておりました」

薫と田中は、感情の揺らぎひとつ見えない曽根の顔を見て、言葉を失った。

3

薫らよりひと足早く本部をあとにした千夜と垣花は、どういうやり方であの藤堂一雄が牛耳る刑事課を攻めるか話し合った。

最初は垣花も藤堂相手に臆していたようだったが、芦尾らのアパートを調べて明らかに窃盗事件は冤罪、しかも刑事課の誰かが故意にそう仕向けたという疑いが浮上するに至って、心を決めたようだった。うって変わって強気の顔を見せる。

「田添主任の話では、藤堂課長は連続窃盗犯で立件するには無理があるのではと躊躇《ちゅうちょ》していたということです。だとすれば、それをごり押しし、あまつさえ桑田塗装の塗料を使って物証を仕立て上げた者がいる筈です」

「まだ、はっきり刑事課の誰かと決まった訳じゃないのだから、言動には注意しましょう」

千夜がやんわり釘を刺す。強行犯係の刑事だった垣花にすれば、尊敬していた藤堂の足下でそのような不祥事が起きていたことがどうにもやりきれないのだろう。なにがなんでも見つけ出してやると息巻く。

「わたしが気になるのは、窃盗犯でないなら、二人がどうやって生活費を稼いでいたかということなんだけど。無職となっていたけど、九久見の刑事は、芦尾と上野がこれまでどんな仕事をし、どれほどの稼ぎを得ていたかほとんど調べていないでしょう。むしろ故意に調べなかったという気がする。垣花さんはどう思います？」

「わざと調べなかった、ですか？　うーん、となるとそこになにか理由がある訳ですが。なんだろう。なにか秘密にしておきたい仕事をしていたのか」

「彼女らの境遇からすれば、普通、夜の仕事を想像するでしょう？　でも、上野水穂の目のことがあったからそれは難しかったと思う。だとすると、昼の仕事をしていたのじゃないかしら。最初に二人の服装を見たとき、真っ先にそう思ったもの」

「ああ、スーツですか」

「そう。およそ窃盗犯が選ぶ服装とは思えなかったわ」

「仕事着でしょうか」

たぶんね、と千夜は呟き、心を決めた。

「ひとまず、九久見に行く前に二人の暮らす戸川市周辺で聞き込みをかけましょう。彼女らが逮捕される以前の動向をはっきりさせたい」

そこに九久見の刑事課が杜撰な調べをした理由があるように思える。そういうと垣花は強く頷いた。芦尾らの写真を持って、地道な作業を繰り返した。最寄り駅に行き、通勤時間帯の防犯カメラを見せてもらう。かなりの人出ですぐには見つからなかったが、昼近くまでかかってようやく二人揃っている映像を見つけた。窃盗犯として田添らに職質される二週間前のもので、朝のラッシュのホームから電車に乗り込むスーツ姿の二人だ。

「正に、通勤という感じですね」

千夜が頷き、垣花は、同じ時間帯の通勤客を当たればなにか出るかも、といった。

「こんなラッシュのなかで覚えているかしら」

垣花は口元を弛め、覚えていますよ、とはっきりいう。

「芦尾ナオも上野水穂も見た目はいい。小綺麗なスーツを着て、どこかの会社のOLさんに見えます。決まって同じ時間に乗り合わせるなら、気にかけている男性はいますよ」

なるほど、と千夜は感心する。芦尾は激しい気性のせいか、活発そうなはっきりした容貌をしていて、叔母のスナックでも人気者だった。上野水穂は、市役所の男が風俗店に売り飛ばそうと考えるほど、写真からでもその容姿の良さは窺える。

明日の朝から駅で聞き込みをすることにし、それからも午後いっぱいまで歩き回った。垣花は平気な様子だったが、さすがに千夜は疲労が溜まってゆくのを感じる。

夕方になって、九久見署に向かった。

刑事課の人間は、また来たかという倦《う》んだ目を向けてくる。なかには端《はな》から無視して、顔を上げようとしないのもいる。

奥の席から藤堂が手招く。刺すような視線のなか、部屋を横切り、前に立って室内の敬礼をする。

「検事から呼び出しの連絡を受けたよ。明日、話をしにゆく」と落ち着いた声で告げた。

千夜だけが、そうですかと応える。黙ったままの垣花に目をやって、藤堂はゆっくり立ち上がる。

「その打ち合わせ次第ではあるが、この件はこれで片がつくだろう」

「は。どういう意味ですか？」

「事実誤認で、桑田塗装の件は削除することになる。他二件の窃盗については自供があるから起訴することになるだろうと、電話で話した際に検事がいっていた。俺自身はそのあと監察の処分を受けることにはなるがね」

垣花が唖然とする。千夜はすうと深く息を吸い込んで、自分より頭ひとつ分上にある藤堂の目を見つめ返した。

「待ってください。まだなにも明らかになっていないと思います。我々、事件課がなにひとつ確認していないのに、幕引きというのは解せません。それは本当に検事の判断でしょうか。もし、そうならうちの部」

「もういいといっているんだっ。これで終わりにしてやろうという検事の配慮だというのがわからんのか。お宅らがとやかくいうことじゃないっ」

怒声による風圧というのを千夜は初めて経験した。隣に立つ垣花は慣れているだろうが、それでも上半身が仰け反る。音量というのでなく、体全身から発せられる威圧が空気を揺るがした。鋭い眼光と共に発せられた怒りの熱波は、まるで大きな手で顔を打つかのような衝撃を与えた。

藤堂は片手を挙げ、「いや、怒鳴ってスマン。なにせ、検事さんに小言をいただいたものでね。ちょっと、気持ちがささくれていた。悪く思わんでくれ。とにかく、だ」と、藤堂はわざとらしく口角を弛めて、目を細めた。

「お宅らがいうように今回の案件はちょっと無理をした。窃盗をこれ以上続けさせる訳にはいかないと焦る気持ちもあったし、そのせいで部下らに発破をかけ過ぎた。あっさり二人が自白したもんだから、調べがちょいと疎《おろそ》かになった。証拠固めも半端なものになった。それら全て、送検を許した俺のミスで、責任は全て俺にある。それで検事も納得してくれたんだから、お宅らにはこれ以上、手間を取ってもらわなくていいと、そういっているだけなんだ。さ、ご苦労さん、もう遅いから本部に引き上げてくれ。俺らはこれからまだ仕事が残っている」

そういうなり藤堂は、机の書類を手にして戸口へと歩き出す。そのあとを追うように、数人の刑事が小走りに駆けた。刑事課でなく別室でなにかの打ち合わせを始めるようだ。

垣花が、頬を引きつらせたまま千夜へと顔を向け、どうしますか、と問う。千夜は、目を軽く瞑って唾を飲み込み、ゆっくり胸を上下させた。両脇に下ろした手が微かに震える。それを拳にしてなんとか堪えた。目を開け、垣花を見て、一旦戻りましょう、と告げる。それが精一杯だった。

4

本部に戻ったのは、薫と田中が最後だった。

時計を見るともう七時を回っている。千夜が席に着いたままパソコンのキーボードを打っているのを見て、「居残り?」と軽く訊いてみる。千夜は薫を見返すことなく、「問題が起きました」という。

藤堂課長が事件課に断りもなく検事と接触し、勝手な弁明をした上、自分が責任を取るという形で幕引きを図ろうとしている。そう聞いて、薫もY県から戻ったばかりの香南子らも目を剝《む》いた。

垣花はともかく、そのことを説明する千夜の様子が気になったが、まず、こちらはこちらですぐに動く必要があると思えた。

「部長に説明する際に必要な内容を書き出してみました」千夜がそういってプリントアウトしたばかりの書類を差し出す。薫と香南子が受け取り、目を通す。田中が警務部長の都合を電話で確認し、一時間後に会えるよう段取りをつけた。

それまでのあいだ、それぞれが調べてきた内容を照らし合わせることにした。

まず、静谷永人に対する苛めを行ったという曽根と加藤の告白について薫がいう。

「やっぱり、苛めが原因ですか」と道下が尋ねるのに、薫は首を傾げる。田中もなにか気になるのか、少し躊躇ったあと口を開いた。

「単なる苛めにしてはちょっと腑に落ちない気もするんですが」

どういうこと？　と香南子が問う。

「その曽根と加藤は、別の交番勤務なんです。奥山でも御園ヶ丘でも元取でもない、全然違う交番です。そんな二人がわざわざ永人をいたぶりに出向くというのはなんだか妙な感じですね。本署に戻ってからでも良かったでしょうに」

「本署だと他の人の目があるからじゃないの」

「うーん、本署の、たとえばみんなが帰ったあとなんかは意外と人目がないもんです。実際、そうやって静谷巡査はトイレで首をくっている」

「その辺、二人はどういっているんですか」と香南子。薫が答える。

「わざわざ元取に出向くことで、逃れられないというプレッシャーを与えていたそうよ」

「ふうん。でも村木主任がおられましたよね。彼もグルなんでしょうか」

「村木主任には、仲がいいのだと思わせていたとか。二階の仮眠室で少々、暴れて声を出しても、ふざけていたといって誤魔化したといっている」

「そんなぁ。ふざけてって、子どもじゃあるまいし」と道下が唇を反り返らせる。

「そうね。第一、村木主任に話を聞いたとき、そんなことはいってなかった。永人さんと親しい同僚は誰かと訊いても心当たりはないといっていた」と薫がいうのに、すぐに香南子が反応する。「村木も知っていて、見て見ぬ振りをしていたということですか」

「少なくとも、曽根と加藤、正岡主任が実行犯であるのは間違いない。そして加担していた疑いとして村木主任」

「こうなるとその御園ヶ丘の主任も疑わしいし、他の一係の人間も本当に知らなかったのかどうか怪しいもんですよ」と垣花が吐き捨てるようにいう。

どうやら大貫署の地域課では大がかりななにかが起きていたようだ。思っていた以上に複雑で醜悪なものが現れそうな気配を感じる。

元凶として一番に思い浮かぶのは奥山交番での失態だ。しかし、否認する違反者の脅しに屈したことは、確かに警察官としては恥ずべきことだが、そのことをもって、同僚として認められない、排除してやろうという流れになるというのは、余りにも短絡的だ。それこそ子どもの苛めと変わらない。

「明日、その二人を本部に呼んで、改めて聴き取りをすることになっているわ。その内容によっては村木主任と正岡主任にも当たることになる」

薫がいうと、面々は揃えたように重々しく頷いた。

「それで、そっちは」

香南子と道下に報告を促す。

二人がY県まで出向いて手に入れてきた情報は、重要なものだった。そう見られていることを意識したのか、説明する道下の顔が段々赤くなり、口調も激してゆく。香南子が時折、睨みつけながらも抜け落ちた箇所を補った。そんな二人を見て薫は密《ひそ》かに、案外いいペアではないかと思う。

女性教師から預かったというハガキを手にして、順番に目を通す。最後に垣花が返すのを受け取った薫が、「やはり、二人は逮捕される以前の二年のあいだ、なにかの仕事をしていたのは間違いないようね」というと、千夜が後押しした。

「垣花さんがいうように、通勤時間帯に聞き込みをかければ、二人がどこへ行ったのかわかるかもしれません」

「そうね。少なくとも今はそれしかない。塙係長と道下も合流して明朝から聞き込みをお願い。わたしは、部長を通して各駅のカメラを調べられるよう計ってもらう。二人の仕事がわかれば、もしかするとこの案件は大きく動くかもしれない」

警務部長との面談の時間だと気づき、薫は二人の係長と共に、上着を身に着け、背筋を伸ばした。

マンションの自宅のドアを開けたとき、部屋に人の気配がした。

「陸？」

廊下の先へ声をかけると、すぐに、「ああ、お帰りー」と返事があった。リビングに入ると、陸がキッチンに立って鍋の蓋を持ち上げていた。

「なに？　今ごろ料理しているの？」

時計を見なくても、九時を過ぎたころだとわかる。本部でみんなと別れたのが八時半だった。

垣花と千夜は急ぎ足で帰路についたし、道下はスマホで慌てて連絡を取っていた。田中は行きつけの店があるらしく、ちょっと寄って行きますといい、薫や香南子にも一応声をかけてくれた。薫は疲れたので家に戻るといい、香南子は通っているジムがまだ開いているから汗を流していくといって、それぞれの道を歩き出したのだ。

「うん。クリームシチュー。これなら、温め直したら明日でも食べられるだろう？残りは冷凍すればいいし」

「ありがとう。陸、夕飯は？」

「さっきすませた」

「連絡してくれたらいいのに」

薫は、本部で事件課メンバーと当直員用のカップ麺を食べたことを後悔した。

「そう思ったんだけど、来たとき、ああ、今なんか忙しい思いをしているんだってわかったから。メッセージを送ったりしたら気を遣うだろう？」

そういいながらお玉をかき回す陸の俯き加減の顔を見て、あなたの方が気を遣い過ぎなんじゃないと胸の内で呟く。

「どうして忙しいってわかるの？」

薫はコートを脱ぎながら部屋を見回した。別に散らかしたままでもなく、むしろいつも以上に片づいている。

「部屋が綺麗じゃないか。朝早く出かけて遅く帰る。そういうの繰り返していたら部屋が汚れる暇がない。それに冷蔵庫。日持ちのするものしか入っていないし、他は冷凍かレトルトばっかりだ」

「なるほど。さすが我が息子、なんでもわかっていらっしゃる。では今、わたしが欲しているものはなんでしょう」

陸は、顔を上げてにんまり笑うと、背を向けて冷蔵庫を開け、缶ビールを取り出した。

ダイニングテーブルに着いて、薫はプルトップを引く。半分ほど一気に飲み、オジサンのような息を吐く。陸が、少し食べる？　と訊くのに大きく頷いた。皿にシチューをよそって手渡してくれる。

「おいしい」

「そりゃそうだ」と笑う。ビールを飲み干し、皿を舐めるようにして食べ終わる。それを見て陸が、「仕事、大変？」と訊きながらカウンターを回って、向かいの席に座った。

「うん。新しい部署で、新しいメンバーと新しい仕事を片づけているからね」

「それは厄介そうだね。それで、母さん」

「うん？」

「そんな大変なときに余計なこといいたくないんだけど」

　薫はきっと目を向ける。「陸のいうことを余計なことと思ったことなんか一度もない」

　苦笑いし、「そんな真面目にいわないでくれよ。いいにくくなる」というのに、薫は額を叩いて、ちょっと酔ったかな、それでなに？　と訊いた。

「うん、あのさ、今の会社に勤めて八年だろう？　三十歳になったら、やりたいと思っていたことがあってさ」

「へえ」知らなかった。陸が自分の未来に描こうとしているものがなにか、薫は知らずにいた。大学へ入ったと同時に薫のもとを離れたが、そのころの薫は気持ちの整理がつかず、陸のことを気にかける余裕がなかった。

夫が不倫をしていて、子どもができたから愛人と夫婦になると知らされ、薫は激しいショックを受けた。口ではせせら笑い、夫や相手の女を罵倒して、絶対幸せになんかなれるものかと嘯いた。陸は渡さないし、きちんと養育費も払ってもらう、財産分与もしてもらう、あれこれ文句をつけ、ひとつでも多く二人の未来に影を落としてやろうと思った。人をこれほど憎んだのは初めてだった。警察官として犯罪者と向き合い、非道な事案にも遭遇した。けれど、このときの薫の胸のなかに巣食《く》ったものほど、気味悪く悍《おぞ》ましいものはないと今でも思う。

陸から、元夫と愛人が結婚し、子どもが男の子で無事生まれたと聞いたとき、凄《すさ》まじいほどの敗北感を味わった。二人は幸福になって、自分は幸福になれなかった。その悲しみと悔しさから、陸がいった弟ができたという言葉を否定し、ヒステリックに罵《ののし》ったのだった。それから陸は、元夫のことは話さないし、血の繋がった弟のことも口にしなくなった。陸にしてみれば、母親に夢を語るどころではなかっただろう。

寂しそうな顔にならないよう、なあに？　とあえて明るい声を出した。

「大学生のころ、海外ボランティアをしたじゃないか。ひと月ほどで、なにかやったっていえるほどのものでもなかったけど、それからずっと考えていたんだ」

「ボランティア？　そうだったかしら。ゴメン、よく覚えていない」

「うん。今のハウスクリーニングの会社に勤めだしてから、ずっとこのノウハウを現地で使えるんじゃないかと考えていた。向こうは衛生面で多くの課題があるから、きっと役に立つと思う」

「向こうって、どこ？」

「インド。マザーテレサ施設がいくつかあるんだけど、そこでも使えるだろうし、それ以外でも環境面で問題のあるところはあるから」

今すぐ、どうこうという話ではないという。まずは現地の施設を巡り、仕組みや状況を把握し、どういう形で進められるかじっくり考えてからになるといった。

「陸一人でなの？」

「いや、今勤めている会社の先輩と他に大学の後輩もいるよ。いずれ向こうで会社のようなものを立ち上げたいと思っている。まだ、とば口にも立っていないけどね」

「へえ。知らなかった。凄い」

「大袈裟だなあ。取りあえずはボランティアという形で行くことになる。そのことをいっておきたくて」

「いつ？　いつ行くの？　まさか、明日明後日《あさって》の話じゃないでしょうね」

「違うよ。出発日もまだ決まっていない。これから海外ボランティア団体に申し込みをするところ。ただ、そういうことを知っておいてもらいたかったから」

「そうか」

薫は、空いた缶を両手で弄《もてあそ》びながら、小さく頷いた。

「わかった。陸がずっとやりたいと思っていたことがそんな立派なことだって知って、お母さん嬉しい。頑張って。なにか手伝えることがあったらいって」

「ありがとう。でも、大丈夫。ただ、あのね」

「うん？」

「危険はないと思うけど、向こうに行ったらたぶん一年は帰ってこないと思うから」

「一年——」

「うん、だから、父さんにも一応、いっておきたいと思ってる」

ああ、と薫は自己嫌悪に陥りそうになるのをまた堪える。自分の父親に会うという当たり前のことひとつするのに、薫の気持ちを思い、陸は悩んでそして遠慮するのだ。そんな風に思わせるのは薫の罪だ。

心からの気持ちを込め、明るくいう。

「もちろんよ」

陸はほっとしたように笑みを浮かべた。薫もつられて、大きく笑んだ。

「もし、お餞別《せんべつ》みたいなのをくれるというのならもらっときなさい」

「ははは。あっちには育ち盛りの子どもがいるから、気持ちだけもらっとくよ」

あのとき生まれた男の子は十二歳になる。今年、いや来年、中学だろうか。

薫は皿と空いた缶を手に持って、流しへと向かった。蛇口をひねり、洗いながら水の音に負けないよう声を張っていう。

「お父さんにも弟くんにもちゃんと会って、こんなことをしに行くのだと話してあげなさい」

5

金曜日の朝、県警本部にやって来た曽根と加藤は緊張していた。

自宅から直接、呼び出されているから、共にスーツを着てネクタイを締めている。監察課でなく、あくまで事件課案件として対応する。取り調べの必要がある際には、並びにある捜査課の取調室を借りることになっているので、今回そのひとつに薫と田中が入る。まずは先に曽根の尋問から始めた。廊下から捜査課の刑事が、不思議そうな目を向けていた。

グレーの事務机を挟んで、パイプ椅子に薫らと向き合って座る。曽根は最初こそ落ち着かなげだったが、話しているうちに諦めたのかよどみなく喋り始めた。

薫が主に聴き取り、田中が隣で録音の操作をし、手帳にメモを取る。話を聞きつけた監察課の人間が立ち会うというので、部屋の隅で録画の役を任せた。警務部長室では、恐らく監察課長が待機していて、二人で処分やマスコミへの対応をどうするか考えていることだろう。

曽根と加藤によれば、やはり奥山交番での失態が苛めの根であったようだ。

正岡主任から話を聞いて、警察官として余りにもだらしないからしごいてやろうと考えたのが始まりだという。静谷永人は、自信を失っていたところに先輩らからしごきの名目で暴行や嫌がらせを受けるようになって、ますます落ち込んでいった。耐えきれなくなった永人が係長に訴え、交番を替わることとなった。けれど移った御園ヶ丘交番は、正岡主任と親しい巡査部長がいたこともあって、再び曽根らが訪れて永人をいたぶり始めた。御園ヶ丘の主任は見て見ぬ振りをした。

やがて、永人は体調を崩しがちになり、出勤しても言動におかしな様子が見られるようになったことで、周囲も異変に気づいた。持田係長は三度目の正直と、永人を元取交番へ移すことにした。元取には体軀のいい村木主任がいて、さすがの曽根らもしばらくは大人しくしていたという。

それが再び、今年になって再開した。

「それはどういう理由で？」

薫が訊くと、曽根巡査長は小さく肩をすくめる。

「なんていうか、静谷のやつ、村木主任とペアを組んでから元気になったみたいで。庇われていることを嵩《かさ》にかかってるのがムカついたっていうか」と理由にならない理由を述べる。

もう一人の加藤に対して聴取したとき、同じ質問に対して、「あいつ調子に乗って、地域を出たら刑事になるんだとかいっているらしいのを小耳に挟んだものだから、生意気だなと思いました」と子どもがすねたときの口の形をした。

「村木主任の前では仲のいい振りをして、二階で今度の休みの相談をさせてくださいといっては、元取交番でヤキを入れました。あいつ、村木主任に聞かれたくないと思ってか、我慢して声を出さないもんだから、こっちもなんか、余計に意地になって」

それでも交番だし、村木に気づかれると面倒だから、しょっちゅうという訳にはいかない。あとは当務明けや日勤が終わってから無理やり居酒屋に連れ込み、正体不明になるまで飲ませ、そのまま公園や河川敷に放置したこともあるという。身ぐるみ剝《は》いであられもない姿にして写真に撮り、ネットに流してやると脅した。そして、姉のことも苛めのネタにしたらしい。

「どんな風に?」

「お前の情けない姿を姉ちゃんに送ってやろうかとか、奥山交番での不始末を広報課に教えてやろうかとか。そういうと静谷は泣きながら、止めてくれと土下座しました」

ペンを握る田中の手に力が入ってゆくのを横目で見ながら、それで、と促した。

「それでって?」と不思議そうな顔をする。

「正岡主任もそれに加担していたの?」

「うーん、加担というか、まあ、正岡さんが最初、軟弱過ぎるからちょっとしごいてやれ、みたいなことといったんで。ご本人はまあ、あんなお歳なんで加わることはめったになかったですけど、俺らのしていることは知っていましたよ」

正岡は今日、退院する予定なので、そのまま本部に出頭するよう要請している。本部の監察課から迎えが行くことになっていた。

「他には? 他に、苛めやパワハラに加担した人はいないの?」

あくまでも、曽根と加藤の二人がやったことだと述べた。村木主任については、気づいていたかもしれないが、はっきり注意された訳ではないからなんともいえないというにとどまる。

交番は、地域課員だけが詰める空間だ。他の課の職員が訪ねることもめったになく、どんなことが起きているか気づかれることもない。ただし、仕事が終われば本署で同じ係の者同士が顔を合わせる。永人の様子がおかしいと気づいた者はいただろう。なのに面倒と思ったのか、中堅である曽根や加藤が関わることだからと遠慮したのか、誰も表沙汰にはしなかった。

最後に尋ねた。

「静谷永人巡査は、二十四歳でした。彼が、署内のトイレで首を吊って自ら命を絶ったことをどう思っていますか」

曽根は暗い目をしたままひと言、「別に」とだけ答えた。それまで懸命に堪えていた田中が、勢い良く立ち上がる。

「あんた、いったい自分がなにをしたのかわかっているのかっ。それでも警察官か」と燃えるような眼差しで睨みつけると、曽根は慌てて目を逸らした。

加藤は、曽根より三期後輩で三十歳だが、薫の同じ質問に悄然とうな垂れ、「こんなことになるとは思ってなかったんです」と呟くようにいった。

二人の処分は追って決められる。

まずは関係者の調書を取り、実行犯である二人だけでなく、苛めを教唆した者や周囲で気づきながら放置していた者らを明らかにしてゆく。最終的には管理責任を問う形で上層部にまで及ぶだろう。

どちらにしてもこれから先は、薫らが口を挟めることではない。

「呼び出しがあるまで自宅待機するように」

尋問が終わるころ、監察課長が部屋に入ってきてそう告げた。ドアを開けて加藤が出てゆく。曽根はひと足先に終えて、帰路についている。

廊下を行く加藤の後ろ姿を見ながら、深く静かに息を吐いた。

激しい疲労感が背に覆いかぶさってくる。体力に自信のある田中ですら、心なしか背を曲げている。

「やりきれないですね」

その言葉を何度耳にし、呟いたことだろう。

「……」

反応しない薫を振り返って、田中が、「どうかしましたか」と訊く。

「え。ああ、うん。なんだかね」

「なにか気になることでも？」

「やけに素直だったなと思って。二人とも妙にすらすら答えていたと思わない？」

「そうですね。ただ、両名とも警察官として不適格な人物であることは明らかですから、公僕としての羞恥も、良心の呵責《かしゃく》も感じていないんじゃないですか」

「単に開き直っただけかしら。もしかしてなにかを」

「え。なんですか、あ」と田中が声を上げた。薫もすぐに視線の先を追う。

廊下の端の窓際に、警察官とは思えない膨らんだ体軀が見えた。通りかかった職員がびっくりしたように立ち止まり、いちいち丁寧に室内の敬礼を送っている。

郷田警務部長がワイシャツ姿で、もたれるように立っていた。薫と田中が慌てて駆け出すと、ズボンのポケットに手を入れたまま近づいてきた。

「供述は取ったのか？」

「はい」と薫が頷く。郷田は、ふんと鼻息で返事をすると、顎で廊下の先を指した。

「さっきまでそこに女性警官がいたぞ。微動だにしないで二人の男が入れ替わり入ってゆくのを眺めていた。あれは死んだ巡査の姉さんじゃないか」

薫と田中は揃って息を呑んだ。

「静谷朱里ですか？」

「だろうな」

密かに呼び出し、隠れるように取調室で尋問をしたところで、同じ本部内だ。どこからか、曽根と加藤のことが伝わったのかもしれない。

「どんな様子でしたか？」

今は大きな腹を持て余している警視正だが、警務畑を長く務めた人だ。職員を相手にする部署で、人を観察することでは誰にも引けを取らないだろう。その郷田が短い躊躇いを見せた。

「妙な感じだったな」

「は？」

「なんというか。憎んでいるという風でもなく、哀しんでいるようでもない。ああいうのが一番厄介だ」

「厄介？」

「自分の気持ちを表に出さない分、胸の奥に溜まっているものの底が知れない。ただの気のせいかもしれないが」と郷田は腹を上下に揺らして、ため息を吐いた。更になにかいうかと待っていたが、「次は正岡か」といった。

「はい」

「よろしく」と郷田は背を向けて、一階上の部屋に戻るためにエレベータホールへと歩き出した。その後ろ姿に田中と共に敬礼をする。

6

午後に、正岡靖之巡査部長がやって来た。

曽根や加藤と同じく、捜査課の取調室を借りて事情聴取する。頬や手に絆創膏《ばんそうこう》をつけ、足首を固定していたが顔色は悪くない。松葉杖を突くほどではないにしても、当分、現場復帰は難しいだろう。

そういうと正岡は、「はっ、復帰？　そんなもんできんでしょう。とっくに諦めている」と横を向く。そのふてぶてしい態度を見て、薫は内心、首を傾げる。

昨日、薫らの姿を見て狼狽《うろた》え、制服のまま飛び出して逃げようとした男だ。それが一日入院しただけで、覚悟というのか、諦めたような様子が窺える。けれど、そんな態度とは裏腹に、正岡は大したことは述べなかった。

曽根や加藤がいったのと同じ、奥山交番での永人の失態に腹を立て、曽根らにしごくようにいった。二人が手荒なことをしているのは気づいていたし、苛めになるかもと思ったことも正直に告げる。だが、それ以外のことはなにも語らなかった。

これは、ひとつの黙秘だと薫は気づいた。曽根らが供述したことをなぞるように同じ話をし、それ以上は知らない、気づかなかったで押し通す。恐らく、正岡が検査入院しているとき、電話かなにかやり取りしたのだ。見張りをつけていたから、面会はできなかった筈だ。

片足を引きずるようにして帰る正岡の背を見送りながら、薫がそんなことを告げると、田中も同じように思っていたらしく大きく頷いた。

調書をまとめるという田中と別れて、薫だけ五階へ上がった。警務部長に報告しにゆく。そのあと、二階の広報課に行き、さっき郷田が見かけたのが本当に静谷朱里なのか確認することにした。一昨日《おととい》、葬儀を終えたばかりで、本来なら忌引き休暇として七日休める筈なのだ。ただ、朱里ならもう出勤していてもおかしくないとは思っている。

薫の脳裏には、練習場でフラッグに纏《まと》われるようにしてパフォーマンスを繰り返していた朱里の姿があった。

退庁時間を過ぎて、千夜、香南子、垣花、道下の四人が、駅周辺の聞き込みから戻ってきた。香南子と垣花以外は明らかに疲れた顔をしていた。上野と芦尾の目撃情報はなかったようで、それが余計に疲労の度合を深めている。

翌日からは土日で通常なら公休だ。

だが、垣花は平日の通勤時間帯でなくとも、なにか手がかりを得られるかもしれないから聞き込みに出るといった。田中も追従する。千夜までも仕方ない風に頷きかけるのを薫は慌てて止めた。

「休みは休みとして取りましょう」といって、土曜と日曜を二班に分けて聞き込みすることを提案した。どちらかの一日を休みにするのだ。

垣花は殊勝な顔で頷いたが、薫には土日とも出る気満々という風にしか見えなかった。あえて注意することはしない。確かに勾留期限は迫っているし、未だこれといった情報が得られていないのだから焦る気持ちもわかる。けれど通夜に出たり、他県へ出張に出たりと、この一週間、休まる暇がなかった。どこかで線引きをしないと、疲労を蓄積させるだけだ。

「それじゃ、土曜組と日曜組とに分けましょう」と千夜がいうと、さっそく道下が手を挙げた。

「わたし、土曜日でお願いします、日曜は休ませてください」

土日まで聞き込みを続けたにも拘らず、成果を挙げられないまま月曜日を迎えた。勾留期限満期まであと五日だ。

静谷永人の件で用があると、薫だけ朝から警務部長室に呼ばれた。入って右手の応接セットに池尻監察課長が座っているのを見て嫌な予感に襲われる。

郷田警務部長は執務机に着いて太い腕を組み、不機嫌そうな顔をしていた。三十代のキャリア課長も同じように腕を組んでいるが、こちらは無表情だ。

薫が直立して敬礼をすると、部長より先に池尻が口を開いた。

「部長、では今日の午後三時半ということで構いませんね。その時間なら各社夕刊には間に合わないから、早くても翌朝刊の掲載になるでしょうし。ま、ネットはそうもいきませんが」

そんなことはわかっているという風に、郷田は口をへの字に歪める。

「夕刊？　部長、どういうことですか」

薫が訊くのに、また池尻が答える。

「静谷永人の件で、署内で苛めがあったことをマスコミに発表するんです。会見には警務部長、地域部長、所轄の署長らに出席していただく」

薫は思わず、ソファに座る池尻を振り返った。

「待ってください。それはまだ早くありませんか。未だ、大貫署でなにが起きていたのか全貌が明らかになっていません」

若いキャリアは片方の眉だけ上げて、不思議そうに薫を見つめる。薫はすぐに執務机に座る男へと目を向けた。

「郷田警務部長、この件はもう少し精査する必要があると思います。曽根と加藤の証言を鵜《う》呑《の》みにしたままマスコミ発表したり、処分を下すことは今少し、待っていただけませんか」

池尻の金属質な声が大きくなった。

「なんで？　三人ははっきり苛めを認めたんでしょう。まあ、遺書がない以上、静谷巡査がそれを苦に死んだかどうかわからないが、そんなことはどうでもいいんですよ。巡査が首を吊り、その巡査を苛めていた先輩がいた。その事実が大事で、それをマスコミにいえばいいんです。世間は苛めのせいで死んだと思うでしょう。それで構わない。警察は当事者に対し、正当な処罰を下す。きちんと調べて、責任を取らせた、それでいいんです」

「それでいい、って、そんな。池尻課長、まだです。これだけのことをして、他の地域課員が知らなかったとは思えません。もっと」

苛立った声が遮る。「いいんですよ、自白した三人で。この三人が首謀者、周囲はおかしいと気づいていたかもしれないが、仕事の疲れのせいか、私的な悩みのせいと思っていたということですよ。こういうのは、事件を無駄に大きくするのでなく、一刻も早く解決し、処分を決め、マスコミに知らせて幕を引くことが肝心なんです。長引かせていいことなどひとつもない。監察案件は、迅速さが必要なんです」

念押しのためか、本部長も同じお考えですと付け足した。執務机に座る太った男はそれを聞いてこめかみをぴくりとさせ、誤魔化すように白いもみあげをいじり始めた。ハンドタオルで首筋の汗をひと拭いすると、薫に目を向ける。

「なんか気になることでもあるのか」

「はい」薫は興奮を抑え、部長の目を見つめる。「静谷永人には、同じ地域課に仲のいい同期がいます。彼は、苛めがあったことを知っていたようです。本人から相談を受けていたのかもしれません」

元取交番の隣のビルの警備員に防犯カメラの映像を残しておくよう、頼んでいた者がいた。交番の二階の休憩室が映り込むことを知っていたのだ。しかもそのことを確認しに、女性警官が来るだろうとまでいった。

通夜の帰り、駒田は薫と道下にカメラのことを匂わせた。同じ地域課の駒田は自分が動くことに抵抗があったから、姉の朱里にでも密かに教えようと思っていたのではないか。

「それで？」

「はい、駒田が知っていた以上、他の係の地域課員も気づいていた可能性がありま す。それらをきちんと精査しないで安易に三人だけ処分してしまっては、あとから問題になりませんか」

「いいんだよ。三人ですめばそれに越したことはない。わざわざ、処分者を増やす必要はないだろうが」と池尻が横槍《よこやり》を入れる。

薫はソファに座る監察課長に向き合い、目に力を込めた。

「ですが、万が一、あとから苛めに加担した人間が出てきたらどうされるおつもりですか」

自分の息子と大して変わらない年齢の男が、すいと視線を外して脚を組み替え、小さく肩をすくめる。

「それは、いいでしょう」

「は？」

「さっきもいったように、迅速に対応することが大事なんです。処分し、世間に知らしめたあとは、もう調べる必要もない。たとえ、自分も加担したと名乗りを上げたとしても、処分は既に終わっている、それでいいんです」

「それでいいとはどういうことですか。先に見つかった者だけが処分を受け、他はお咎《とが》めなし、自白した三人はたまたま運が悪かったということですか」

薫のいいように、さすがの池尻も脚をほどいて背を起こすと、なんだと睨み返してきた。

ガチャン、と大きな音がした。はっと振り返ると、郷田が執務机の上のカップをひっくり返していた。コーヒーはほとんど残っていなかったようだが、薫はすぐに近くにあるティッシュボックスからティッシュを抜き取って拭く。

「ああ、スマン、手が滑った」郷田はそのまま席を立つ。そして、薄い髪が散らばる頭をひと撫ですると、「三時半のマスコミ発表は行う」といった。それだけいうとカップを持って出て行った。自分でコーヒーを淹れに行くようだ。

薫は一瞬、唖然としたが、すぐに池尻に室内の敬礼をして部屋を出た。

廊下に出ると、給湯室に向かう大きな背を追った。声をかける前に、郷田が振り返る。そして部長室へさっと視線を流し、唇の片端を歪めると、「池尻が本部長をいいくるめたようだ。既に決裁が下りている。仕方あるまい」といった。

「ですが」薫は粘る。太い手にくるまれた小さなカップに視線を落として郷田が呟いた。

「続けてくれて構わない」

「はい？」

「大貫署を調べるんだろ」

「え、よろしいんですか」

「いいさ。全貌というのを明らかにしてくれ。なにかいってきたら、文句は警務部長にいってくれと応えればいい」

「はい、ありがとうございます」

「ふん。わたしもどうせこの一年で終わりだしな。それに」

カップの把手《とって》に太い指を入れて、くるくる回す。

「実をいうと、音楽隊の演舞が好きなんだ。格好いいじゃないか。あのカラーガードの女性警官のパフォーマンスがまたなんともいえん。みな美人でスタイルがいいしな」

「警務部長がセクハラしてはいけません」

「うん。前言撤回。じゃあな」と横幅のある背は、ゆっくり給湯室へと入って行った。薫はその場で深く敬礼を取った。

その日の午後三時半、本部小会議室でマスコミ発表が行われた。

永人の自殺の動機が、三人の上司、先輩らによるものかどうかの言及は避けたが、一部のマスコミは死亡時の様子や三人の勤務態度を尋ね、永人に対する三人の行動がどのようなものだったのか詳細に説明するよう要求した。更には交番勤務のあり様や組織内における人間関係やメンタル問題、上司の責任問題へと波及した。

夕方のニュースでも短く報じられ、翌朝の記事は大きなものではなかったが、大貫署には発表後からマスコミが押しかけた。玄関口でカメラを回し、署から出てきた一般人にコメントを取ろうとマイクを突きつける。目に余るからと総務課員らが注意をして追い払う一幕もあった。どこで知ったのかネット上には三人の身上だけでなく、これまでの職務経歴まで載り、静谷永人の勤務中の写真までアップされた。それらはすぐに削除要請された。

正岡、曽根、加藤の三人の地域課員は、正式な処分が下されるまで謹慎となり、恐らく依願退職するのではないかと思われた。少なくとも警察組織は、それを待っていた。

7

マスコミ報道がされて騒然とした大貫署だったが、警察の仕事に猶予も休みもない。冷たい目に晒されても、地域課員は交番に就き、職務を遂行する。

発表の翌朝も大貫署に出向き、薫と田中は事情聴取を続けた。署長や地域課長が、なんだ、まだなにかあるのかと文句をいってきたが、部長にいわれた通りのことを告げるとみな押し黙った。

田中が、凄いですね、鶴の一声ですねと感心した風にいうのを聞いて、薫は苦笑いする。

警務部には人事課がある。部長の匙加減《さじ》ひとつで次の異動先が決まることもあると恐れられている。郷田はあと一年で退職だが、それでも秋の異動、春の異動に関われる。大貫の署長は警視で、勇退も視野に入っているが、今よりも小さな署や本部の課長なんかに異動したりすれば、最後の花道が萎《しぼ》んでしまうことになる。そこそこの所轄の署長で終わるのが一番いい。再就職先での面子《メンツ》も立つのだ。だが、そんなことをわざわざ田中にいうこともないと、薫は笑って、そうね、というにとどめた。

昼休憩を挟んで午後も聴取を続けていたが、千夜から連絡が入ったことで、薫と田中は事件課に戻ることにした。

芦尾らの誤認逮捕が発覚して六日、事態が急転した。

通勤電車に乗る芦尾らの姿を捉えてから土日を挟んで丸四日、朝から夜までずっと聞き込みに出ていた四人が、五日目にしてようやく情報を得て戻ってきたのだ。

垣花が考えた通り、二人を見かけたことのある客がいて、どこの駅で降りていたか覚えていた。そこから手分けして聞き込みに当たり、カフェで見かけたとの証言を得た。その店をよく利用する他の客に二人を知る者がいて、ようやく勤め先が判明した。

「生命保険？　セールスレディってこと？」

芦尾と上野は、幸福生命保険株式会社に契約社員として勤めていた。薫が啞然としながら尋ねるのに、四人は揃って神妙な顔で頷く。まさか、あの二人がそういう仕事をしているとは思ってもいなかった。

いや、先入観に囚われるなどもっての外だ、と隣で同じように首を傾げる田中へも、そういう。

「契約社員ではありますが、研修を受けてちゃんと働いていました。そこに一年半ほど、逮捕される少し前までいたことも確認できました。幸福生命の上司は、二人が急に辞めたので不思議に思っていたそうですが、窃盗犯として新聞に載ったのは知らなかったようです。なかには気づいていた社員もいたかもしれませんが、噂するくらいだったでしょう」

「ちょっと待って」と薫は遮る。五人が動きを止めた。

「上司は、二人が急に来なくなって未払いの給与とかはどうしたの？　警察に捕まったのなら、手続きができなかった筈だわ。それなのになにも知らなかった？」

千夜が、薫の顔を見つめていう。

「いえ、ちゃんと辞めると連絡があったようで、手続き等もすませていたようです。上司は単に、辞めた理由を知らないということでした」

「なら、二人は準備していたということじゃないの」

「準備？」と道下が疲れた表情をしながらも目だけは光らせる。

「つまり」と垣花が応える。「芦尾と上野は、職場を辞めて身辺を綺麗にして、逮捕されるのを待っていた」

「二人のアパートにも押収品のなかにも、幸福生命に限らず生命保険会社に関するものはなにひとつありませんでした。全て事前に処理した可能性があります。それは保険会社で働いていたと知られたくなかったことを意味するのでは？」と香南子が強い口調でいった。全員が頷く。

「幸福生命になにかあるのでしょうか」千夜がまず、呟くように口にした。

「幸福生命といえば業界トップを争う大手の会社だし、まさかとは思うけど。念のため、関わりのありそうな部署に訊いてみるわ」と薫がいうと、千夜が手帳を繰って、「二人が営業に回っていた箇所も一応、聞いていますが」と順に会社名を挙げる。ＩＴ企業や宅配、運送業者、個人経営の会社もあり、若い従業員らの多い職場が散見した。

「見栄えのする二人が担当するにはそういう職場がいいでしょうね。しかも若い人なら、新規が獲得できる」

「最後に回ったのはＷＥＢ制作会社〝デザインオメガ〟ね。ここは？」と薫が訊くのに、香南子がすぐ道下に検索するよう指示する。ホームページには、まだ二十代かと思えるような社長の写真が載っていた。会社の規模としては小さいが昨年度の収益などを見る限り、右肩上がりの順調な経営を行っているようだ。社員の年齢は平均二十七歳で、少数精鋭とはいえ業務量からすれば多忙な状況であるのが窺われる。

「病気や鬱とかで就労できなくなったときに備えて、保険に入ってくれる人も多かったんじゃないですか」と道下が納得するようにいう。

隣で香南子が、なにか考えるように画面をじっと見つめていた。道下が気にして、どうしましたと訊く。

「明堂係長、今日は九日ですよね」

それが？　という顔を向けると、「勾留期限満期まであと四日しかありません」と強い口調でいう。薫と千夜は顔を見合わせ、揃って嫌な予感がするという風に眉根を寄せた。

「このままでは藤堂課長がいうように、二人は他の二件の窃盗で起訴されます。もう時間がありません」

「だから？」

「この制作会社に接触させてもらえませんか」

「どういうこと」

「保険外交員の振りをして」

「駄目よ」被せるように千夜が叫ぶ。だが、香南子は目を吊り上げる。

「このままでは二人は起訴されてしまいます。運よく起訴猶予、裁判で執行猶予がついたとしても、あとで二人が無実だとわかれば大変なことになります。我々は既に芦尾らが窃盗でなく、なにか別のことで隠蔽工作を謀《はか》ったのだと気づいています。ただ、それを証明する物証がなにひとつない。行き詰まった状態です。これを打開するには少々乱暴なこともすべきじゃないでしょうか」

「塙係長、捜査は正当に行われなくては意味がない」

「潜入捜査にはならないかと思います」

「どういうこと」

「勤務時間外にこの会社の人と接触するだけです」

「塙係長〜」とさすがに千夜も呆れた顔をする。

そこに、「じゃあ、婚活の一環ってことでどうですか」と道下が明るい声を上げた。香南子はぎょっとしたが、すぐにはっとして、うんうんと大きく頷く。薫は思わず噴き出した。

そして腕を組んで、ホームページの画面を見つめた。

第四章

1

上野らの勾留期限満期まで三日となった。

道下は手持ちの服で問題なかったが、香南子は新しく買い揃えることになった。

「別に、黒のスーツでも構わないでしょう。営業なんだから」

「そうじゃありません。セールスレディは印象が大事なんです。相手が女性であれ、男性であれ、良いイメージを持ってもらうことが営業の第一歩です」

営業仕事などしたことがないくせにと、口のなかでもごもごいうが、道下は平然と無視し、自分のお気に入りのブランドショップに香南子を連れて行くと、勝手に一揃い見繕った。

県で一番繁華な街の駅からすぐのところに、芦尾ナオらが訪問していたデザインオメガがあった。三十階建てのビルの五階と六階のフロアを使っている。

香南子と道下は、それぞれ大きめのショルダーバッグを提げ、自分達が加入している保険会社の名入りの封筒をわざとらしく胸の前で抱えて、ビルのエレベータに乗り込んだ。

間もなく昼の休憩時間だ。五階のフロアについたところで、胸にネームホルダーをぶら提げた二十代の集団が足早にやってくるのに行き合った。それらをやり過ごし、奥へ向かう。会社の入り口のドアは両開きで開いたままになっていた。香南子と道下は、互いの顔を見合わせ、揃って深い呼吸をひとつして頷き合う。

道下がそっと顔を入れ、にっこり笑う。

「こんにちはー」といって保険会社の封筒を翳《かざ》すように振り回した。自席で昼食を摂っていた何人かが視線を向けたが、なにもいわずまた口を動かす。なかには、小さく会釈する者もいた。

道下と共に香南子もなかに入る。明るい声で挨拶する。

そのまま仕切りにしている書類棚を回って、デスクが整然と並ぶなかへ入ろうとすると、窓際の席から管理職らしい女性の声が飛んできょっとする。

「保険会社さんは、向こうのミーティングルームかリフレッシュエリアだけ。こっちは入らないで」という。

香南子と道下は冷汗を流しながら、はーい、と返事する。二人それぞれ、会議室と休憩室に分かれる。

透明なガラスで囲まれたミーティングルームから視線を向けてくる社員を見つけた道下は、足早に入って行った。そして、すぐに雑談を始める。若い男性社員は、最初こそ怪訝そうな表情を浮かべたが、やがて楽しげに道下と話をし始めた。

香南子はそんな様子を横目で見ながら、奥のリフレッシュエリアとなっているスペースに近づく。窓際に丸いラウンジテーブルが三つ並び、それぞれに数人ずつが休憩していた。声をかけながら小さな飴《あめ》とグミを配ってゆく。

「あれ、このお菓子にお宅の会社の名前、入ってないじゃん」と細かいことをいう社員もいて、香南子は、軽く肩をすくめて、「ちょっと切らしてて。わたしのポケットマネーからです」と微笑んでみせた。

「うちは、幸福生命に入っているのが多いんだけど」

芦尾らの働いていた保険会社の名前を出されたが、知らん顔して、「わたくしどもも、どうぞよろしくお願いします」とだけいう。内心、冷や冷やしながら、香南子は精一杯愛想を振る。

「保険にはもうお入りですか」

返事をする人もいるし、黙ってスマホをいじるのもいる。なかには飴を渡され、妙な顔をする社員もいた。

　目を上げてミーティングルームを見ると、いつのまにか道下は男性の輪の中心になって、甲高い笑い声を放っていた。香南子は自販機に近いテーブルにいる社員の側へゆく。他の社員より少し上の年齢層だ。顔色も表情も悪く、業務の相談でもしていたようだ。

「こんにちは。こちらは幸福保険さんがよく来られているようですね。みなさんも、そうですか？」

　もう入っているよ、と答え、何人かが頷く。

「幸福保険さんとは長いお付き合いのようですけど、大丈夫ですか？」

　三十前後の男が、どういう意味？　と訝しむように訊いてきた。香南子は、すいと体を寄せ、小声でいう。

「なんか、あそこのセールスレディさんが捕まったとか聞いたんで」

　みな一様に驚いた顔をしたが、特になかの一人がぎょっと目を剝いて顔色を変えた。隣のテーブルの男性が落ち着かなげに体を揺するのが見えた。コーヒーを飲み干してテーブルを離れて行く男性の姿もあった。香南子は三人のネームホルダーにあった名前を順次頭にインプットする。

「なんで捕まったの？」「まさか、うちに来ていた人？」

コーヒーを飲みながら、興味本位に訊いてくる女性社員を相手に、差し障りのない話を続ける。

「警察で取り調べを受けているとか、そんな噂がセールスレディのあいだで流れているんですよね。いったい、なにしたんでしょうね」

押し黙ったままの社員が、じっと香南子を見つめる。気づかない振りをして、

「こちらの担当の人は今も普通に来られているんでしょ？　それなら大丈夫ですよ」と笑う。

何人かが顔を見合わせ、「いや、確か、前に来ていた人、辞めたっていってなかったっけ」というと、「そうですよ。今は別の人が来てますよ」と応える。

「そうそう。前は綺麗な子たちが来てた。まさか彼女か？」

「辞めたんなら違うでしょ」

香南子がすかさず割り込む。「辞めたって誰からお聞きになりました？」

「え。ああ、今来ている人から聞いた。担当が替わりましたって挨拶してたよな」

「へえ。今も、幸福生命さん頑張っているんですね」

押し黙っていた男がすいとその場を離れた。あとを追うように、別の社員がついて行く。そちらに行きかけたとき、「カナさーん」と名を呼ばれた。

慌ててリフレッシュエリアから出ると、道下がドアを開けて封筒を振りながら、

視線を促している。見ると、明らかにセールスレディと思われる女性二人が会社の戸口に立っていた。

　胸から提げているネームホルダーで幸福生命と知る。香南子は慌てず、平静を装い、道下と一緒に壁際に身を寄せながら歩く。すれ違い様に女性二人が視線を向けてくるので軽く会釈し、少し足を速めた。彼女らの名前も記憶に焼き付けた。ずっと背中を見られている気配はあったが、開け放ったドアから廊下に出ると、そのまま真っすぐエレベータに向かう。ちょうどタイミング良く来たのに乗り、ドアが閉まったところで二人はようやく大きな息を吐き出した。

　イヤホンから、大丈夫かと田中の声が聞こえた。ビルの裏の路地にいるという。道下と一緒に足早に外に出、路地に停めている車に乗り込んだ。すぐに香南子や道下が得た情報や感じたことを田中と垣花に告げる。そして本部の事件課で待機する薫と千夜に連絡を入れた。


　人手がいる。

　薫と千夜は連絡を受けてすぐ、そう感じた。

　香南子が不審に思った三人の社員に、道下が聞き込んだ少し前に辞めた社員と病気休暇を取っている社員の合わせて五名。それに新しくデザインオメガの担当となった幸福生命のセールスレディを加えると、対象者は七人にもなる。彼らの名前は把握できているから、あとは身元確認と行動確認を行うことになる。残り三日でどれほどできるかわからないが、今はこれより他に手がかりがない。

「手応えは確かにありました。狙いは間違っていないと思います」と香南子が目を光らせていう。その言葉を信じるしかない。

尾行は単独でする訳にはいかない。少なくとも男女二人いる。応援を頼むことになるが、頼めるだけの根拠が薄い。

ひとまず薫と千夜でデータベース検索をし、順次、デザインオメガの不審人物らに前科前歴がないか照合する。そのあと本部の生活安全部と刑事部捜査課を当たり、芦尾らの働く幸福生命やこれまで把握した人物がなんらかの捜査の俎上《そじょう》に上っていないか確認して回った。しかし、どこも該当するものはなかった。

「あとは薬物犯罪対策課と組織犯罪対策課ですね」と千夜がいう。

「薬対課はともかく、組対課は考えにくい。でも念のため」

警務部事件課だというと、面倒臭そうな顔をされることはあっても、大概は嫌がらずに相手をしてくれた。こういうところが警務部の有難いところだと思う。

組対課は事件課の並びにあり、薬対課は一階下の三階にある。

薬対課のドアを開けて、薫は顔見知りを捜すが、以前本部にいたとき見かけた顔はなかった。仕方なく、近くにいる巡査部長に声をかけ、班長を呼ぶよう頼む。年配の、馬のように長い顔をした富岡《とみおか》警部補が、疲れたように背を曲げ、戸口までやって来た。

薫らが説明をし、リストの人物を薬対課の握っている情報やデータと照合してもらいたいというと、不満そうな顔をした。万が一、該当する者がいたら、薬対課でなく事件課に持って行かれると案じたのかもしれない。調べておくからリストを預けろというのを薫は睨み返す。

「今すぐ、この場で確認してください。もう余り日がないのです。お願いします」

「そんなのお宅らの都合だろ。こっちも急ぎの案件を山のように抱えてんだ。勝手なことといわれても困る」

警務部長の指示だといっても、今さらどこに異動になろうとどうってことないと嘯く。リストを渡せと手を出すので慌てて引っ込める。富岡班長は、ふんといって背を向けた。その背に薫がいう。

「もし、このリストの人物、若しくは会社が薬物に関係していた場合、こちらの協力姿勢がどういったものだったか、後々、上に報告することになりますね」

馬面《うまづら》は更に顔を長くし、なにぃ？　という風に目を剥いた。不穏な空気を感じたのか、部屋にいる課員らがみな目を向ける。奥の席に座る課長が、なんだというように首を伸ばした。年配の班長は先が知れているから開き直れるが他の課員はそうではない。薫が事件課であると気づくと、課長がいそいそと出てきた。薫と千夜は内心話を聞くと、「それくらい構わんじゃないか」といってくれた。結局、富岡班長に加え、ほっとしながらも、口を引き結んだままの表情は変えない。

近くにいる課員を総動員して記録や資料の照合を始めてもらう。

やがて、パソコンを覗いていた課員が声を上げた。

「このWEB制作会社の元社員が、以前、ドラッグの一斉取締りで取り調べを受けていますね」

薫と千夜は思わず顔を見合わせる。駆け寄ろうとした班長を押しのけ、二人で側に行った。道下が耳にした、少し前に会社を辞めたという人物だった。

「ライブハウスでドラッグや大麻の取り引きがされているとの情報を元に検挙に向かった際、客の一人として来ていた男ですね。一応、尿検査もしましたが反応が出ず、まあ、他の客同様、お咎めなしで帰したんです」

参考人として簡単な取り調べを受けただけだから前歴照会にもヒットしなかったのだ。それを見て課長も思い出したらしく、「この男の会社も念のため調べたが、特段怪しい様子はなかったな。ライブハウスでは売人と数名の客を所持使用で逮捕したから、陽性反応が出なかった者はただの客として捜査はしなかった」というと、課員らも頷く。

「それでお宅ら、この名前、どっから拾ってきたんだ？」

「うちの課員がこの会社の周辺で聞き込みをしているとき、近くのバーで働く前科者から得た情報です」と薫は平然と答える。隣で千夜が、体を揺らしている。

「前科前歴照会でヒットしなかったので疑問に思い、こうして直にお尋ねしにきたということです」

富岡が嚙みつくように、「なんてバーだ。情報を吐いた前科者って誰だ」という。

薫は目も合わせず、「うちの捜査員が手に入れた情報ですので、わたしが勝手に教える訳にはいきません。それよりこの男性に対して、以後はなにも出てこなかったのですね」と口早にいう。

課長は不審そうな顔をしたが、あえて突っ込むことはしなかった。部下が持ってきた当時の捜査資料をぺらぺら捲《めく》りながら、「全くの素人で、前もないから追跡調査はない」といって締めくくると、「それで事件課さんはどうしたいと？」と訊いてきた。

薫は、課長の正面で姿勢を正す。

「この制作会社で怪しいと思われる社員及び出入りの保険外交員が何名かおります。それら全てを行確したいと思います。ご協力願えませんか」

千夜と共に頭を下げる。

リストを握ったまま課長は、ふむと唇の片端を上げた。

「もし、この〝デザインオメガ〟から薬物が出るとなったら、当時の薬対課の調べが甘かったということになるな」

周囲にいる課員が身じろぎ、富岡があからさまに面白くないといった顔をした。

「ですが課長、陽性反応が出なかったのですから」と中堅の課員がいいかけるのを、課長はちらりと視線をやって黙らせた。

「万が一にでも、お宅の調べで大がかりな薬物売買なんかが出たら、俺らはなんとも面目ない仕儀になる」

薫が僅かに身を寄せ、声を低くしていう。

「事件課は薬物事案を調べている訳ではありません。それを端緒に追いたい線があるので、なにか出たとしてもあとは全てお任せします」

課長は自分の鼻をつまんでくしゃりと顔を歪ませると、「いいだろう」といった。

2

夕刻、明堂薫係長を除いた全員が薬対課と共に行動確認に入ることになった。

薫も初めは加わりたいといったが、富岡班長にやんわり、「無事に勇退を迎えたいならじっとしていてくれ」といわれる。邪魔だからどいていろということらしく、ここは大人しく従うことにした。

ただ本部で待っていても仕方がないので、広報課を覗くことにした。

苛めの加害者が判明したことに加えて、取調室の近くで郷田に目撃された朱里の様子が気になる。

二階の広報課ではリーダーの蔦が制服姿になって業務をこなしていた。尋ねると、朱里はカラーガード隊として街の広報イベントに出動しており、そろそろ戻るころだという。小規模なので、半数の五人での演舞らしい。

蔦は朱里と同期で、隊では一番親しい。最近の様子を訊いてみると困ったように笑みを浮かべた。

「もちろん、元気とはいえませんが、でも今日の仕事も自分で志願しましたから」

「そう。大貫署員のことについてなにかいってなかった?」

「苛めの加害者ですか。そうですね、特には」といったあと、少し躊躇って、「あの三人はどうなるのでしょう」と訊いてきた。

「監察から処分が下されると思うけど。今はまだ聞いていない」

「そうですか」

「それがなにか？　朱里さんが気にしていたとか？」

「いいえ。むしろ、全然、気にしていない風でした」

蔦の口元には笑みがあったが、目は泣いているようにも見えた。

「気になることがあるのなら」と促す。

「いえ、ただ、早く処分が下ればいいなと思ったんです。そうしないと朱里がなんか」

「なんか？」

「わたしが気にし過ぎなんだと思うんですが。ここのところ、やけに仕事に一生懸命ですし、永人くんのことを口にしないのが余計に気になるっていうか」

「朱里さんは、弟さんとは余り仲が良くなかったって聞いているわ」

ふっと、今度ははっきり哀しそうな笑みを浮かべた。

「弟なんて、そういうもんだと思います。でも、朱里にとってはたった一人の弟ですから」

「そうね。あなたにはそんな話もしたの？　永人さんのことなんか」

「いいえ」と首を振る。「話をしたことはありませんけど、姉として気にかけているのはわかります」

「そうなの？」

「はい」といって、ずい分、前のことだがと話してくれた。

県立体育館のイベントで、カラーガードの演舞をしているときだった。蔦はリーダーだから、ときにメンバーと相対するフォーメーションを取ることがある。メンバーの様子を正面から見渡すことができ、その動きや顔の表情から、この子は疲れているな、この人は調子がいいなと気づくことがあるという。

「あんな激しい動きをしながらでも？」

「なんとなくですけどね。全員で動きを揃えるんですから、少しでもズレや遅れがあればすぐにわかります」

「なるほど。それで」と先を促す。蔦は、おかしそうに笑った。

「その日、朱里は張り切っていました。いつも以上に力が入っているのがわかって、なんでだろうと不思議に思ったのを覚えています。彼氏でも見に来ているのかと思ったんですけど、あとでわかりました。控室の近くに弟の永人くんが現れたので、それで納得したんです」

「朱里さんは、観覧席に永人さんがいるのを知って、演舞に力が入った？」

「ええ、たぶん。わたし達、ラストはいつも、フラッグを下ろすと同時に、全員で観客に向けて挙手の敬礼をします。その状態でほんの少し間を置くんです。我々は、皆さんを応援している、頑張ってとエールを送る意味合いでしているんですけど。

朱里も、観覧席にいた永人くんに向かってそう伝えている、と感じました」

蔦は笑みを消し、だから、といった。

「永人くんが亡くなったことで、朱里がなにか思い詰めたことをするのじゃないかと心配なんです」

「思い詰めたことって？」

「その、警察を辞めるんじゃないかと」蔦はそういったあと軽く息を吐き、小さく肩をすくめた。「わたしと朱里は来年、音楽隊を出ることになっています。年齢も年齢ですし、いい加減後進に道を譲らないと。カラーガード隊への希望者は多いですから」

「この一年が終わったら、朱里さんは警察を辞めると思っているの？」

「なんとなくですが」

そう、と薫は呟く。身近にいる蔦が案じるのだから、満更杞憂《きゆう》ではないかもしれない。

「そういえば、今年の夏は海外遠征があるのでしょう？」

「はい。最後の年にこういう栄誉ある仕事ができるのは、本当にラッキーです」

「日本代表なのよね。頑張って」

「ありがとうございます」

その夜、というのか深夜も過ぎて、ようやく五人が事件課に戻ってきた。

香南子と垣花以外は尾行の経験がほとんどない。田中や道下だけでなく千夜まで、疲れたといいながらも興奮冷めやらぬ様子だった。そんななか、垣花は一人、怒り心頭という感じで目を吊り上げている。

薬対課との合同捜査は、最初はスムーズに進んでいたようだ。さすがに専門とする課だけあって、なにをするにもそつがなく、経験に裏打ちされた尾行も完璧で、注意深く緻密《ちみつ》にことは運んだ。そのお陰もあり、望外の結果も得られた。

香南子が気にしていた社員の一人が、妙な動きを見せた。リフレッシュルームで、芦尾らが逮捕されたことを告げたとき、黙り込むなりすぐにその場を離れた男性だった。

会社を出ると男性は周囲を気にしながら、裏道へと入って行った。

薬対課の刑事らは慣れた様子で前後に目を配り、一度も疑われることなく追尾するのに成功した。その男性は古いマンションの玄関を潜り、五階の一室へと入って行った。そのまま見張っていると、午前〇時近くになって、部屋から若い女性が二人出てきた。

張り込んでいた千夜は、別班で行動している香南子に連絡を取り、昼間、デザインオメガに現れた幸福生命の女性とは別人であることを確認した。けれど、またここで若い女性二人という組み合わせが出たことが気になる。

「その二人の服装は？」

薫が尋ねると、千夜がすぐに答えた。「二人とも地味なパンツスーツでした」

課員全員が目を細め、納得したような表情を浮かべた。垣花はその女性二人を追尾する班に回ったという。

女達は大通りに出てそれぞれタクシーを拾おうとした。薬対課の班長は女達に職質をかけようとした。なにか出てきそうだとベテランなりの勘が働いたのだろう。なにも持っていなくとも、不審な態度が見えたら任意同行をかけ、本部で薬物検査をしてやればいいと考えたのだ。

「すぐ止めましたよ」

垣花は嫌な予感がしたといった。芦尾と上野も女性二人組で保険の外交員をしていた。今もまた若い女性二人が、怪しげなマンションから夜遅く出てきた。芦尾らが、戸川市の公園で夫に襲われている小林鈴奈を救ったのも、遅い時間だった。今、目の前にいる二人と妙に重なる気がして、安易に刺激すべきではない気がしたらしい。

だが、班長には逸《はや》る気持ちがあったのだろう、薬対課の面目躍如とばかりに一足飛びの思いきった対応をしようとした。

「もう少し様子を見ましょうといったのに、あの馬面の班長は逃げられたら元も子もないと強引に動こうとするから」

「するから？」

垣花は、先にすみません、といった。「無理やり止めました」

千夜が疲れた顔をしている理由がわかった。現場でもめて、垣花の上司として、また班長と同じ階級の人間として、一触即発の事態を納めようとしたのだ。その頑張りがあったからこそ尾行を継続することができ、そのマンションの張り込みも続けてもらえている。薫は千夜に、ご苦労さまといった。

「それでそっちの、新しくデザインオメガの担当になった幸福生命のセールスレディは？」

田中と道下が首を振り、香南子が報告する。

「特に怪しい素振りはありませんでした。夕方、保険会社に戻って来たのを尾行しましたが、買い物やデートをして、それぞれ帰宅しました」

「そう」

万が一、芦尾ナオ、上野水穂が薬物に関与していたにしても、保険会社ぐるみということは考えにくい。今回、別の二人組が現れたことで疑念が湧いた。

「似たような若い女性だったんですよね」

道下がいうのに、垣花と千夜は頷いた。薫は机の引き出しを開けて、ハガキを取り出す。

「『働くことになりました。スーツを買ってもらいました。ナオが紺色、水穂がグリーンのです。』これが、保険外交員になるための支度だとしたら、その仕事を斡《あっ》旋《せん》した人間がいる」

「そう思います」

千夜が応えると、更に香南子が加わる。

「今夜、マンションから出てきた二人の女性がもし、保険の外交員だったら繋がりますよね。芦尾らと」

短い沈黙が落ちて、すぐに薫が視線を振った。

「垣花、二人の居所は確認しているの？」

「はい。二手に分かれて追尾し、それぞれ自宅に戻ったのを見届けました」

「じゃあ明日、朝からその二人を追いましょう」

「薬対課はどうします？」

薫は腕を組み、小首を傾げる。

「薬対には、そのマンションとデザインオメガの社員を引き続き追ってもらうよう今から相談してみる」

「わたしも一緒に行きます」と千夜が立ち上がった。

「いいの?」と壁の時計を目で示すが、千夜は薄く笑う。

「こうなったら朝帰っても同じです。誰もわたしのことを待っていませんから」といった。

投げやりにも思える口調に、薫は思わず横顔を窺った。千夜らしくないと感じた。仕事同様に家庭も大事にしていると誰憚《はばか》ることなく口にする千夜は、決してどちらも疎かにしない。そのバランスの良さが、警官としての力量に繋がっていると思っていた。だが今の千夜は、足下がふらつくのを必死で堪えている気がする。

薫は僅かな躊躇いを挟んで、「わかった。じゃあ、行きましょう」とだけいった。

他のメンバーには明日に備えて退庁するようにいう。

挨拶の声を背中に聞いて、人気《ひとけ》のない廊下を歩いた。

千夜に、五人が行確に行っていたときのことを説明する。

「朱里さんが、警察を辞める?」

「そんな感じがするというのよ」

「そうですか。やはり、たった一人の弟ですからね。どれほど確執があったにしても、あんな死なれ方をしてはいたたまれないでしょう」

「夏の海外遠征が彼女のカラーガード隊員として最後の花道になるようよ」

「いいパフォーマンスを見せてくれるといいですね」

「そうよ、そのことだけに集中して欲しい。弟さんのことは我々に任せて」

「なにかありましたか？」

「嫌なことを聞いた。広報課のあと大貫署へ行ったのよ」

薫は、終業時間が迫っているとわかっていたが、なにもしないで待っているよりはと一人大貫署へ向かった。駒田のいる三係は当務明けで既にいなかったが、永人のいた一係が日勤で帰り支度に入っていた。そこで村木主任を摑《つか》まえ、話をしたいといったのだ。

私服に着替えた村木と共に、署から離れた小さな商店街にあるファストフード店へ入った。ついでに夕食をすませたいというのでハンバーガーなどを選んでもらい、薫はコーヒーを手にして向き合った。家で食事をしなくていいのかと訊くと、ちらりと薫を上目遣いで見つめたあといった。

『妻は娘と実家に戻ったきりです。今、話し合いを進めているところですから、いずれ決着がつけば、自分で料理くらいできるようになろうとは思っています』

薫は言葉を失い、黙って視線をカップに落とした。これまで村木が、冷めたような、どこか他人事のような態度を見せていたのは、家庭の問題を抱えていたことがあったからかと気づく。そういう話には触れようもないから、薫は淡々と続けた。

『静谷永人はどんな巡査でしたか』

村木は、元取交番の二階でなにが起きていたのか、知らなかったといい通していた。

手にあるかじりかけのハンバーガーを見つめて、『若かったですね』と答える。どういうことかと更に訊くと、そのまんまの意味だといってまたかぶりついた。

『若いから起こしてしまう過ちや未熟さを補い、正しく導くのがあなた方、先輩の務めでもあるんじゃないの』と薫がきつい口調で告げると、赤いソースのついた口をナプキンで拭い、素直に、その通りですと頷いた。

『だが、やり直せない過ちもありますから』

『それは奥山交番で、違反者に脅されて切符をもみ消したこと?』

村木は応えず、トレイに紙屑《かみくず》を放った。そして、思いがけず鋭い目を向けて、問いかけた。

『明堂係長、人が首を吊るのはどうしてだとお考えになりますか』

薫は答えることができず、黙って村木の目を見つめ返す。

『俺は、二進《にっち》も三進《さっち》もいかなくなったからだと思っています。逃げる方法、やり直せる方法を見つけられず、諦めた』

若いから見つけられなかった、見つけられないと思い込んでしまったのだろうといった。

それはといいかけた薫を遮るように、村木は立ち上がり、トレイを持ったまま御《ご》馳走《ちそう》さまでしたと軽く頭を下げた。

薫は、三階薬対課への階段を下りながら、去り際に村木が放った言葉を千夜に伝えた。千夜はその場で足を止め、不安そうな表情を浮かべた。

『そういえば今日、静谷の姉だとかいう女性警官が来ましたよ。地域課の待機室で妙なことをいっていました。なんでも静谷永人がなにか残していたとか』と村木はいったのだ。

「なんてこと」と千夜は顔を歪め、さっき薫がいった言葉を繰り返した。「弟さんのことは我々に任せて欲しいですね。どうしてそんな軽率な真似をしたのでしょう」

「ええ。それで本部に戻ってから念のため、静谷姉弟の伯父夫婦の家に連絡をしてみたわ」

「それで?」

「永人さんの身の周りに遺書を思わせるようなものはなかったですかと尋ねた。大学を卒業するまで暮らしていたし、警察の寮に移ってからも休みの日には帰っていたというから。亡くなったあと、伯父夫婦も部屋を整理したそうよ。なにもないとはっきりいわれた。だけど」

「だけど？」

「そのとき、静谷朱里さんが最近、来たことを教えてもらった」

「え。朱里さんが伯父さんの家に？」

「そう。そして、永人さんの部屋を探し回ったらしい」

「そのときなにか見つけたのでしょうか」

薫は首を振った。「それはないと思う。さっきもいったように、伯父夫婦が既に永人さんの部屋を片づけ、確認している。伯父さんが朱里さんの様子を見に部屋に行ったとき、がっかりした様子で窓の外を眺めていたといったわ」

「それじゃあ、大貫の地域課でいったことは、はったり？」

「たぶん。そんな子ども騙しでなにかできるとは思えないけど」

「でも、朱里さんは少なくとも、三人の警官の苛めによるものとは考えていないんですよね」

「どうだろう。単に苛めに加担したのが、あの三人だけとは思っていないのかもしれない。他にもいると疑っているのか」

「そうですね。それにしても無茶なことをしますね」

のことでしょう」
「ええ。村木主任がわざわざわたしに朱里さんが来たことを教えたのも、心配して
千夜と二人頭を抱えながら歩いていると、いつの間にか薬対課の部屋の前まで来ていた。
ドアを開けて声をかけると、真っ先に、馬面をした班長が顔を歪めるのが目に入った。

3

勾留期限満期まで残り二日となった。

早朝から二人の女性をそれぞれ自宅前から追尾していた塙・田中組と垣花・道下組は、保険会社の前で顔を突き合わせることになった。やはり昨日の夜、マンションの一室から出てきた二人組の女性は保険外交員として働いているのだ。

ただし、芦尾らが働いていた幸福生命ではなく、グランドライフ生命保険会社というそれなりの規模のところだった。四人はその後も見張りを続け、女性二人が中小企業や個人経営の会社を訪問するのを追跡した。知り得た情報は逐一、本部にいる薫と千夜に報告する。それを受けて、薫は薬対課の情報と照らし合わせた。怪し

むべき会社としてヒットするものは出てこなかったが午後を回るころ、香南子からひとつの情報がもたらされた。

「今追尾している二人が訪問した会社のひとつに運送会社があるのですが、そこは以前、芦尾と上野が担当していたようです」

「芦尾らが？」

「はい。最近見なくなって、今はグランドライフ生命保険の二人が替わって来ているとのことです」

気になるわと薫が呟くと、隣で千夜も頷いた。垣花と道下が戻ってきたので、再び二人で薬対課に向かう。

今日は富岡班長はおらず、残っている捜査員がデザインオメガの社員が訪れたマンションに関する情報を精査していた。薬対課の課長に改めて協力を仰ぎ、残っている捜査員を集めて会議を始める。

薫は伏せていた窃盗事件の疑惑について詳細に説明し、現在、追跡している保険会社の二人についても、知り得た情報を伝えた。するといきなり、捜査員から思いがけない話が出た。

運送会社に出入りしていた幸福生命のセールスレディ、すなわち上野と芦尾について、一度捜査の俎上に上ったことがあるというのだ。

「そうだったか？」と課長は妙な顔をした。

「怪しいという程度のものでしたが、すぐに薬関係ではないことが明らかになったので立ち消えとなりました。ですので名前も把握していませんでしたが」

「もっと詳しくいえ」

いやあ、とその捜査員は困った顔をする。

「元々は、富岡班長のS《エス》から出た話なんで、俺がいっていいのか」

ベテランの捜査員となるとSと呼ばれる内通者を抱えており、犯罪に繋がる情報を得ている。捜査員はそれを元にこっそり裏取りをし、ある程度はっきりしたところで上に報告して自分の手柄にするのだ。課長が、「いいからいえ」と促すと、はいと席を立って話し始めた。

それによると、三月の中ごろ、班長の子飼いのSから薬を扱っている女がいるようだとの情報が入ったというのだ。

「富岡班長から裏取りの手伝いを頼まれたんですが、いざ動き出そうとしたら、あれは止めるといわれました。なんでも、薬じゃなかった、窃盗の間違いでしたとSが頭を下げてきたといったんです」

「それが、この幸福生命の芦尾と上野という女だったというのか」

「おそらく。班長に訊いてもらえれば、はっきりすると思います」

薫が身を乗り出して尋ねる。「その二人は薬じゃなく窃盗犯だったというんですね？」

「はい。Sがそういったようです」

どんと心臓を叩かれた気がして、思わず薫の上半身が仰け反る。素早く千夜と視線を交わして頷き合った。なにかが腑に落ちた気がする。

その様子を見つけた課長が険しい顔を向けてきた。

「情報は全て出してもらうぞ」

薫が、はいといいながら、負けじと強い口調で付け足した。

「もちろんです。そして、そちらの情報もよろしくお願いします」と千夜と共に頭を下げた。


張っていたマンションから呼び戻され、薬対課の部屋で薫と千夜が待ち構えているのを見るなり、富岡班長は思いきり眉をひそめた。だが、課長の指示を無視する訳にもいかない。渋々のように席に着き、「訊きたいこととはなんだ」と問う。そしていきなり声を荒らげ、薫の質問を怒りのままに撥《は》ねのけた。

「バカいうな。Sが誰かなんか教えられる訳ないだろうが。俺らにとっては貴重な情報源で、それなりの信頼関係で成り立っているんだ。おかしな真似をして、信用されなくなったら元も子もない」

「そうですか。班長はその情報屋をそれほど信頼しておられるということですね」

「どういう意味だ」

「芦尾と上野が薬物に関係しているのでなく、単なる窃盗犯であったということをSのいうまま信じられた」

「なんだと。いうままだとぉ？　俺らをなんだと思ってる。昨日今日できた部署で捜査ごっこをしている連中とは違うんだ」

薫も千夜も目を吊り上げる。一緒に来たいといっていた垣花を連れて来なくて良かったと内心で思った。

「我々のことはどうでもいいんです。信じたんですね、それで捜査するのを止めたんですね」

薫の剣幕に、ちょっと怯む様子を見せた富岡は荒い声を引っ込める。

「俺も調べたさ。だが、すぐに九久見署が窃盗で挙げたと聞いたから納得したんだ。なにせ、あそこには藤堂さんがいる。間違いはない」

「藤堂課長ですか」

千夜は、睨み殺すような目を向けられ一喝されたことを思い出す。垣花があの男の面前でどれほど緊張していたか。富岡の言葉を聞いて、改めて藤堂という男が、刑事からどれほど深く大きな尊敬と信頼を集めているのか思い知った。

「それに」と班長はいいかける。薫が聞き咎め、なんです、と素早く突っ込む。

耳の下を掻きながら、「今使っているSも、元はといえば藤堂さんから譲ってもらったようなもんだし」だから間違いない、とまたいった。

「なんですって」薫と千夜が同時に声を出す。これにはさすがの班長も顔色を変えた。周囲の雰囲気が一変したことに戸惑う富岡に、課長が静かに告げた。

「芦尾、上野の窃盗は嘘の自白だったらしい。事件課さんは二人の冤罪事件を調べていたんだ」

馬面の顔が長く伸び、目が大きく見開かれた。


事件課に戻って、待機していた垣花と道下に一連の経緯を説明した。

垣花は顔色を変え、まさか、と絶句する。すぐに首を振り、「いや、藤堂さんもそのSにいいように騙されたんじゃないでしょうか」とまだいう。

「そのSが、藤堂さんと富岡さんの両方にいい加減な情報を流したというよりは」と千夜がいいかけ、薫が引き継ぐ。

「Sの最初の情報は正しかったという方が筋は通る。一度は富岡班長に教えたが、その後、藤堂課長に伝えた際、なぜかそれを窃盗に訂正して富岡に告げるようといわれた」

道下も頷いた。その方が納得できるという。垣花は顔を掌で拭い、大きな息を吐いて頷くと机の縁《へり》に尻を乗せた。

「だけど、どうしてそんな真似をしたんです？　変じゃないですか。あの藤堂課長が」と垣花が言葉尻を消したのを待って、薫は静かにいった。

「以前、藤堂課長のところへ、芦尾の部屋の鍵をもらいに行ったとき、彼がクリアファイルを取り出し、なかの書類だけ渡してすぐに引っ込めたのを思い出したわ」

千夜、垣花、道下が瞬きもせずに薫を見つめる。

「そのとき、藤堂課長は、保険会社の名入りのクリアファイルを使っていた。それは今、塙係長と田中が追っている二人の女性が勤める会社、グランドライフ生命保険のものだった。そして九久見署では、グランドライフ生命の出入りを許可していないことを今さっき警務課に確認した」

香南子と田中が戻るのを待って、事件課は会議を持った。

「藤堂課長を行確するのは難しいでしょう」

垣花がいうのに、みな憂鬱そうな顔を見せる。

「それじゃあ、周辺から攻めましょう。藤堂課長と親しい者、友人、同僚、同期、子どもの関係者」薫がいい、千夜が付け足す。

「警察関係者には慎重に対応してください」

そこから藤堂の耳に入る恐れがある。藤堂を慕って、どんなことでも注進しようと考える者はいるだろう。

「藤堂課長でなく、部下の、たとえば田添主任の線はないですか」と垣花がいう。

この男ですら未だに半信半疑なのだ。

元々、菅原巡査に芦尾と上野を職質させ塗料で汚れたお札を発見し、任意同行、自白を取ったのが、藤堂の腹心の部下である田添だ。

「実際、藤堂課長は桑田塗装の件以外は立件を躊躇っていたといっていましたし」

「その線もあるかもしれない。でも、藤堂課長が全く知らなかったとは考えられないでしょう。部下である田添主任の企《たくら》みを見抜けず、いわれるがままに芦尾らを逮捕し送検したなど、それこそ刑事部門で名を馳《は》せた藤堂さんのすることとは思えないけど？」薫が垣花の顔をじっと見つめていう。「課長が進めた桑田塗装こそが明らかな冤罪だった以上、躊躇ってみせたのは万が一、ボロが出てはと慎重になっただけじゃないかしら」

道下と田中が頷くのを見て、垣花もようやく吹っきれたような表情で首を縦に振った。

薫がまとめて告げる。

「ともかく、九久見署の刑事課、特に藤堂課長と田添主任についてできる限りのことを調べましょう。もう日にちはないわ。明後日で勾留期限が満期になるのよ。二人が起訴される前になんとしてでも検事に翻意してもらえるだけの証拠を見つけましょう」

四人が返事をし、外に出る用意を始める。千夜がふと手を止め、「明堂係長」という。「警務部長に、藤堂課長のこれまでの身上関係の全てを見せてもらえるよう頼んでみたらどうでしょう」

薫は目を開いて頷いた。権限のある幹部なら誰でもアクセスできる職員データベースより、更に詳細な二次情報を集積したものがあるといわれている。さすがに警務畑だけあって、千夜は耳にしていた。そんな個人情報が手にできるとすれば、警務部長直下だからこそだ。改めて事件課の存在意義を感じる。

ドアを叩く音がした。

返事をする前に大きく開き、薬対課の捜査員が顔を出した。

「下へ来ていただきたいとうちの課長がいってます」

「どうしました？」と薫。

捜査員はちょっと緊張した顔で、「例のマンションについて詳しいことがわかりそうです。状況によっては近々に摘発する運びとなるかもしれません。それでこちらにもお知らせしておいた方がいいかと連絡に来ました」といった。

「わかりました。すぐに行きます」

塙・田中組と垣花・道下組が、藤堂課長の周辺捜査に出、千夜が警務部長にこれまでの報告と藤堂の身上データを出してもらうよう説得しに行く。薫は捜査員と共に三階の薬対課へと向かった。

4

スイッチを点けて、短い廊下を明るくする。

薫はリビングに入ると、コートを脱ぐこともなくソファに倒れ込んだ。廊下の灯りがあるので、リビングの闇も薄まる。じっと天井を見つめた。

食事は本部で簡単にすませていた。ここ数日まともな食事を摂っていない。そんなことが気にならないくらい忙しかったし、集中もしていた。このままだと寝入ってしまいそうだと、無理に体を起こす。コートを脱いで、部屋の灯りを点け、冷蔵庫からペットボトルの水を出して一気に飲み干した。

グラスを洗っているとき、ダイニングテーブルに白い紙があるのを見つけた。陸だろう、いっこうに戻る気配がないので諦めて帰ったのだ。

メモ書きと、一通の手紙だった。

メモには、『今日、父さんと会って話をしました。応援するといってくれました。母さんが予想した通り、餞別をくれるといったけど断ったら、この手紙を母さんに渡して欲しいといわれたので』とあった。

ダイニングの椅子に座って、じっとそのメモを見つめた。綺麗な字とはいいがたい。メモ紙をテーブルに置き、手紙を開けた。元夫の字を久しぶりに目にした。最初に、薫は今忙しいから電話やメッセージは困ると陸にいわれたので手紙にしたと書かれている。陸から思いがけない話を聞かされ、素晴らしい大人になったのだと知って嬉しかった、薫に感謝し、陸に感謝していると続く。元夫と今の妻が、薫や陸に対してなしたことへの償いの意味でなく、ただただ、収入のなくなる陸が少しでも楽な気持ちで打ち込めるように、些少《さしょう》だが援助をしたいと思っている。陸はどうしても受け取ろうとしないから、薫から説得してもらえないだろうかと締めくくってあった。

薫は手紙を置き、メモ書きの陸の文字を何度も撫でた。

この字で書かれた短い言葉を何度見たことだろう。一人暮らしとなった薫を案じてマンションを訪れ、会えないときはいつもなにかしらのメモを残していった。用件だけの愛想のないものだったが、それを見るたび、真っ暗な部屋に戻ったときの寒々しい気持ちが、ずい分と温められたものだ。

陸は、薫に対して愚痴めいたことはおろか非難の言葉ひとつ吐かなかった。自分一人が傷ついたのではない。自分だけが不幸になったのではない。周りに目を向け、取りまく人の気持ちに思いを馳せれば、そのことがよくわかる。そんな簡単なことにも気づかずにいたことが情けなく、無性に恥ずかしく思えてきた。

ガラス戸を開けてベランダに出る。街の灯りを眺め、風を全身に受けた。生温《なまぬる》い春の風でありながら、ふとした拍子に冷たい空気が吹き寄せる。いろんな風がない交ぜになってこの身を撫でさする。そんな風に巻かれながら、薫はスマートホンを手にした。

長い呼び出し音ののち、陸の寝ぼけた声が聞こえた。

「寝てた？」

「当たり前じゃないか～。何時だと思ってるの。刑事さんは世間知らずで困る。今は真夜中」

あはははっ、と笑った声が夜の街へと放たれ、そして消えていった。

そっと忍び足で廊下を辿る。

灯りを点けないまま寝室に入ろうとしたら、キッチンで気配がした。泥棒とは思わないが、今ごろ誰だろうと向きを変えた。

リビングの電気のスイッチをいれると、ダイニングキッチンで冷蔵庫を開けている真菜の姿が現れた。ぎょっとした顔で振り返り、千夜が立っているのを見てなんだという風に肩の力を抜く。

「どうしたの、こんな時間に」

手にロールケーキのひと切れが握られているのを見て、思わず笑った。真菜は怒ったように横を向くと、そのまま口を開けてぱくりとかぶりつく。

「お腹すいたのなら、なんか作ろうか」

キッチンに入ろうとすると、千夜を避けるようにリビングへ足を向けた。パジャマ姿のままソファにどっかと腰を下ろし、クリームのついた指を舐め始める。千夜はため息を堪え、冷蔵庫を開けた。ロールケーキがまだ半分ほど残っているのを見て、これ食べていい？　と訊く。後頭部しか見えないけれど、領いた気がしたので取り出した。ナイフとお皿とフォークをトレイに載せ、ポットのお湯でティーバッグの紅茶を淹れる。

紅茶は真菜の分も淹れたので、リビングに運んでテーブルに置いた。一人掛けのチェアに座ってロールケーキを切り分け、さっそく頬張る。

「あら、おいしい。これ手作り？　どうしたの。真菜が作った訳じゃないでしょ――」

フォークを持つ手が固まった。まさか、夫の克彦が作ったのだろうか。喫茶店に出すものとして、帰宅してからずっとこのキッチンで奮闘していた？

千夜の怯えたような顔を見て、真菜が察したかのようにいう。

「もらってきたんだって」

「え」

「……コーヒー教室の人から」

「あ、そう」

千夜は沸き立ちそうな気持ちを抑え、皿をゆっくりテーブルに戻す。視線を手元に置いたまま、「誰かしら。お礼をいった方がいいかな」と感情を込めないでいう。無理に笑って顔を上げると、真菜の強い視線とぶつかった。戸惑いつつ、なに？と尋ねる。

「お母さん、平気なの？」

「え、なにが？」

長い沈黙が落ちたが、千夜は平気を装って待っている。真菜の方から話しかけてくるなど、ここ久しくなかった。

「お母さん、ホントに知らないの？　お父さんが」

「お父さんが、なに？」

顔がみるみる真っ赤になり、「お父さん、さっさと仕事を辞めて、好きなことするつもりなのよ。お母さんだけ働かせて」と絞り出すようにいう。更に、「前の塾の、相模原先生がお父さんと同じコーヒー教室に通ってるって、知ってた？」というのを聞くに至って思わず目を瞠った。

「どうしてそんなこと知っているの」

真菜は幼い子のように唇を反り返らせる。

「お父さんが自分でいった。塾のお迎えの車のなかで」

昨年の秋に異動し、勤務先が近くなった夫は真菜のお迎えの頻度が増えていた。

「相模原先生と変に話し込んでいたから、車のなかで訊いたの。そうしたら、同じコーヒー教室に通ってるって。しかも、お父さんが喫茶店をやるといったら、どう思うかってあたしに訊いてきたのよ」

克彦にしてみれば、娘に問われたから答えたまでで、気楽な気持ちで意見を訊いただけなのだろう。だが、真菜にとってはとんでもないことだったらしい。

「お母さんが公務員を続けてくれていれば暮らしに心配はないし、って笑うのよ。あたしが大学を卒業して就職したら余裕もできる。そうなったら思いきって、昔からやりたかった喫茶店をやってもいいかなぁって考えてるって」

そんなの勝手じゃない？　と甲高く叫ぶ。透き通るような肌をした娘の顔は、怒りと悔しさで強張っている。

「お母さんが働きながら主婦もして、あたしの学校の行事や面談も塾の送り迎えもして忙しくしているのに、お父さんは一人で自分の好きなことをしようとしている。お父さんが仕事を辞めたら、お母さんはずっと働き続けなきゃいけないってことでしょ？　いいの？　それでいいの？」

その上、自分が通っていた塾の先生と父親が親しくなっていることへの腹立たしさもあったのだろう。そんな塾に通ういたたまれなさと、千夜に申し訳ないという気持ちもあって、父親だけでなく千夜ともまともに口を利く気になれなかったのだ。真菜は小さいときから、不安や悲しみを黙り込むことで誤魔化す癖があった。

「お父さんが、いつか喫茶店をやってみたいと思っていることは聞いたわ。その相模原先生の伯母さんがお店をされるので、刺激を受けたのだと思うけど」

戸惑う目がこちらを向く。心なしか潤んでいた。千夜はそれに気づかない振りをして、「まだ先のことで、はっきり決まった訳でもないのよ。喫茶店なんて良くわからないし、お母さんも賛成していいかわかんないし」と大仰に肩をすくめて見せる。

千夜が思った以上に怒らないことに、真菜は逆に苛立ちを強めたようだ。

「喫茶店なんか、やっていける筈ないっ」と感情的に口走る。「商売ってそんな簡単なものじゃないでしょ。駄目だったら、お母さんがあたしやお父さんを養うことになるんだよ。警察の仕事、ずっと続けていけるの？　男の人の多い職場で、女性はまだまだ大変だっていってたじゃん。今の時代は、女の人だって男の人と同じくらい仕事をするのが当たり前って感じだし、あたしもそう思うけど、でも、家族の面倒をみるために働き続けなきゃいけないっていうのは、また違うと思う」

自分ではいっていないつもりだったが、そんな愚痴をこぼしていたのだと千夜は初めて気づく。同時に中学生でもそこまでちゃんと考えているのだと妙な感心を覚え、それが千夜の波立つ心を不思議と平らかにしていった。

「うん、真菜のいう通りだと思う。お母さんも今は警察の仕事を辞めようとは考えていないけど、いつかそんなときがくるかもしれない。喫茶店がうまくゆくかわからないし、赤字になって借金だってできるかもしれない。そう考えると、わたしは仕事への向き合い方を根本的に考え直さなくちゃいけない」

納得していない顔だった。千夜だって内心では、どうして自分が考え直さなくてはならないのかと思っているのだから、説得力はない。深く思案するため皿を手に取って、ロールケーキを口に入れた。

「よく食べられるね。誰が作ったかしれないのに」

「真菜だって食べてたじゃない。夜中に、こっそり、一人で」

むうという顔をする。「どんな味がするのか確かめたかったの。まずかったら、まずいっていってやろうと思って」

克彦から勧められたときには反発して食べなかったのだ。だから、真夜中の今か。

千夜は笑いを嚙み殺し、紅茶をひと口飲んだ。そして、ごめんね、といった。

「心配してくれていたんだ。ありがとね」

千夜は働く人であり、主婦でもある。仕事がどれほど大変でも、家庭を疎かにはしたくないと思っている。むしろ、仕事よりも家庭におくウエイトが大きく占めているだろう。そんな千夜であることは、娘も充分わかっている。なのに、母はなにも知らされず、蔑《ないがし》ろにされていると真菜は感じた。自分が原因かもしれないと考えると、もうどうしていいのかわからない。頑《かたく》なになるしかなかった。なんと子どもっぽいと苦笑するが、真菜は子どもなのだと思い直す。

こぼれかけた涙をさっと拭って真菜は憤然と立ち上がる。慌てて声をかけた。

「もう一度、歯を磨くのよ。それから」と言葉を切った。真菜が訝しげに振り返る。

「お父さんとちゃんと話し合うわ。お母さんの気持ちも正直に伝える。喧嘩もしないし、これまで通り平凡だけど幸福な家庭を続けられるよう努力する。大丈夫、心配しないで。だから受験頑張って」

一瞬、真菜の顔がきゅっとなった気がしたが、すぐに背を向けて出て行った。

千夜はテーブルに残ったロールケーキを片づける。指の先についたクリームをちょっと舐めた。悪くない。

5

ついに勾留期限満期の前日を迎えた。

早朝、郷田警務部長に呼び出され、薫は香南子を伴って本部に入った。まだ、当直時間帯で、出勤しているものはほとんどなく、蛇口をひねって水を出す音さえはっきり聞こえる。夜の明けきらないなか、二人は私服のまま、廊下に他の人がいないのを見て、部屋へと滑り込んだ。

郷田は執務机で、こちらもワイシャツにストライプのネクタイをしたまま、不機嫌そうに口を歪めている。薫と香南子が室内の敬礼をすると、黙って顎を振った。振られた先の応接セットのテーブルの上には書類があった。

二人はソファに座り、それぞれなかを確認してゆく。椅子の回る音がして目を上げると、郷田が体を揺らしながら、「いうまでもないが」と念押しした。

「それは本来なら、わたしと人事課長、監察課長の三人しか目にできない代物だ。本部長でさえ理由もなく見ることはできない。終わったら即シュレッダーにかける。見たことは、一言一句、口にするな」

そういって椅子を回して、薫らに背を向けた。

薫が小さく返事をし、隣に座る香南子も緊張した顔で頷いた。

テーブルに広げた紙をひとつひとつ手に取り、丁寧に目を通す。身上票、これまでの勤務評定、そして監察が調べ、個人の記録として積み上げてきた警察職員のパーソナルデータだ。

警察官が警察学校を卒業してから今日まで、どこでどのような勤務に就き、どのような事件や事案に関わったか、どのような活躍をしたか。また、失態や不祥事を犯し、監察対象になったことがあるか。私生活においては、どんな家族構成か、家族の職業、警察信用組合にある預金高、ローンの有無、友人ら特に警察内部での交友関係など、それらを網羅したデータが警務部にはあった。

監察対象になった者らは、当然調査が入るからかなり個人的なことまで周到に調べられる。また年数を重ねた者やある程度の役職に就く者も、同じように監察において調査を受けることがある。そういうデータが集められ、極秘扱いで人の目に触れることなく保管される。

さすがにその書類を見せることには郷田も渋い顔をしたが、昨夜、千夜が説得し、なんとか了解を得た。早朝のことでもあり、薫は千夜でなく香南子に声をかけ、薄暗いなか人目を忍んでやって来たのだ。

黙ったまま、水も飲まず、咳ひとつせず、目で追い続ける。郷田もなにもいわない。時折、回転椅子が軋《きし》む音を立てるだけだった。

陽が昇り、ドアの向こうに人の気配が立ち始めた。それからもしばらく確認作業を続け、ようやくひとつの名前を見つけた。

「これは」

薫が口を開き、香南子が赤い目を向けてくる。回転椅子の音が止んだ。

「ありました」

そう告げると郷田は頬を膨らませ、小さく頷いた。

夕刻、芦尾ナオと上野水穂が、収監時に着ていた服装で拘置所を出てきた。外に待たせていたタクシーに素早く乗り込むと、戸川市へと向かって走り出す。

タクシーがアパートの前に着くと、足早に部屋に入って行った。それから十分ほどすると、二人はカジュアルな服装に着替え、帽子を目深《まぶか》に被り、サングラスをかけ、首に巻いたショールで口元を隠すようにして出てきた。それぞれの手には、キャリーバッグがあり、明らかに遠出の格好だった。

バッグを引いてアパートから大通りを目指して歩き出す。タクシーでも拾う気なのだろう。だが角に差しかかったとき、突然、横の路地から男が四人現れ、二人はぎょっと足を止めた。すぐに取り囲まれ、男に腕を取られると無理やり引きずられる。路地の奥には、黒のワゴン車が見えた。

「いてぇ」と喚《わめ》いたのは芦尾の腕を握っていた男だった。向う脛《ずね》を蹴り上げられたのだ。慌てて女二人に向き直る。

「なんの真似だ。大人しく来い。でないと痛い目に遭うぞ」と低い声で脅す。再び手を伸ばしてきたとき、大通りとアパートの方からばらばらと足音がした。

四人の男はそれぞれの方角を振り返り、あっと口を開けた。咄嗟に戦闘態勢を取る。そこへ垣花と田中が勢いのまま突進してゆく。男は地面に叩きつけられ、田中がのしかかって殴りつける。垣花は別の男の体にしがみついた。

ショールを取り払った塙香南子が応援に駆け寄る。道下は、倒れたキャリーバッグから特殊警棒を取り出し、伸張させて竹刀《しない》のように構えたが、それを振り回すことはなかった。薬対課の捜査員が、怒声と共に男に飛びかかっていた。

垣花が相手をした男は喧嘩馴れしているらしく器用に飛び退り、激しい攻撃を繰り出してきた。思わず足をとられ、垣花は地面にひっくり返る。男は更に攻撃するようなことはせず、素早く反転し脱兎《だっと》のごとく逃げ出した。

「待てっ」

垣花や香南子らが追う。だが、男は仲間も車も見捨て、往来の激しい大通りを強引に渡り、人混《ひとご》みのある駅へと逃げ込んだ。通りのこちら側では、香南子と垣花が激しい息を繰り返しながら、走って逃げる男の背を見送ることになった。

他の三人はなんとか確保し、薬対課が連行した。

香南子はキャリーバッグを引き起こすと三人を振り返り、行きましょう、と促した。田中が荷物をまとめて運び、垣花がマンションの駐車場に停めていた乗用車を取りに行く。

道下の、紅潮した顔が引きつっているのを見て、声をかけた。

「ちょっと、大丈夫？」

「へ。あ、ああ、はい。本当に来ましたね」

「来たわね。ここまではうまくいった」

「はい」と神妙な顔をして頷く。

拘置所から出てきたのは、芦尾ナオと上野水穂だった。だが、二人のアパートには香南子と道下が待ち構えており、そこで入れ替わる手筈になっていた。

唯一の心配は、二人がアパートに着く前に襲撃されることだったが、そこをなんとかクリアできたことで香南子は大いに胸を撫でおろしたのだった。

車に乗った四人は、すぐに次の現場へと向かった。

打ち合わせ通りに、車を離れたコインパーキングに停めると、香南子ら四人は息を潜めるようにして歩く。薫が待機する黒のハイエースを見つけ、なかに入れてもらう。

そのタイミングで薬対課になにかの連絡が入ったらしく、富岡班長らを含めた数人と反対側に待機していた捜査員らが足音を消して歩き出すのが見えた。香南子は後部座席から暗くなってきた道を凝視する。男が一人周囲を見回しながら、古びたマンションへと近づく姿を捉えた。

垣花が小さく呻く。「さっき逃げたやつだ」

男はそのままマンションに入り、五階に向かった。目を上げると廊下の暗がりに蠢《うごめ》く姿があった。薬対課が既に待機しているのだ。

男は、エレベータを降りて廊下を辿る。無事逃げおおせて安心したのか、のんびり歩いている。そして、ある部屋の前で足を止め、インターホン越しに囁いた。小さく開けられたドアから滑り込ませるように男が部屋に足を踏み入れた、その瞬間、廊下の両側から捜査員が一斉に飛び出した。ドアが大きく開けられ、怒号が響き渡った。薫らもすぐに車を飛び出す。階段を一気に駆け上がり、五階へと向かった。

事件課が部屋に着くころには、被疑者らは手錠を嵌《は》められ捜査員に取り囲まれていた。なかには唇を切って血を流しているのや悪態を吐いて無駄な抵抗を続けているのもいる。垣花がわざと逃がした男もいて、力なく床に座り込んでいた。

部屋には予想通り、薬が散らばっていた。課長が携帯電話で連絡し、本部鑑識を要請している。狭い部屋には長テーブルがまるで会議室のように並べられ、そこに大麻らしい葉や袋、秤《はかり》などが置かれていた。

「大麻だけじゃないようだな」

富岡班長が唸るようにいうのを聞き、薫は側にいって覗き込む。班長の手には小さなチャック付きの袋に入れられた白い粉があった。他にもカプセルや錠剤などが散乱している。

「まるで薬のデパートだな。どこからこんなもん仕入れたんだ。きっちり説明してもらうからな」最後の言葉は、部屋の隅で顔色を青くしてうずくまる男へと投げられた。

被疑者が連れ出され、主犯格らしい男が一人部屋に残された。薫ら事件課と、薬対課の課長、班長、捜査員が囲んで見下ろす。薫が真っ先に尋ねる。

「芦尾ナオと上野水穂も薬の売人だったのね」

男は見た感じ三十にもなっていないような、ごく普通の会社員風の男だった。半グレだと富岡班長はいい、薬の前科があるといった。班長の睨んだ顔を見て男は諦めたのか、渋々頷く。

「保険外交員を使うとは考えたな。ネットで客を待つよりは、こちらから売り込みってか。直接、注文を取り、現金と引き換えに渡す。パソコンもスマホも使わないから履歴も残らない。そのために、目ぼしい女らを集めて仕込んだっていうんだから、念がいっている」

班長の言葉を引き取るようにして、薫が更にいう。

「若い人が働く職場、仕事のキツイ職場を狙ったのね。そういうところの社員なら、仕事の疲れから安易に大麻に手を出すと考えた」

「だけど、芦尾ナオと上野水穂が、警察に目をつけられたと知って慌てた」と千夜がいうと、隣で富岡が唇を歪める。

「二人はただの運び屋じゃなかったの？　窃盗犯に仕立ててでも警察の目を誤魔化し、逃がそうとしたわね」と訊くと、半グレの男は上目遣いに薫を見、口をすぼめた。富岡がその男の足を蹴る。課長が止め、「どうせ全てわかることだ。芦尾は既に、薬物の取引に関わっていたことを吐いたんだからな」と告げた。

そうでなければ、今回のような作戦は成り立たない。男もさすがに気づいて、忌々しそうに舌打ちした。

薬対課から、古びたマンションの一室は薬物売買のアジトになっているらしいと聞かされたのが、昨夜遅くのことだった。今朝になって香南子と道下がその情報を持って、拘置所に面会に向かった。香南子はアクリル板の向こうにいる芦尾ナオに事件の全容はわかったと告げ、もう隠せない、正直に話せと説諭した。やり直すためにも、捜査に協力するよう頼んだのだ。

香南子から、芦尾が白状したとの連絡を受けるなり、薫と他のメンバーは薬対課で作戦を練り始めた。まず警務部長が検察に連絡を取り、取り調べの一環として二人を拘置所から出してもらうよう説得した。検事にしても、窃盗での起訴は難しいと思い始めていたのだろう。薬物が本当の犯罪事実だと聞くに至って、薫らも拍子抜けするほどあっさり応じてくれた。

準備をすませ、襲撃しやすいよう夕刻を待って、二人を拘置所から出した。

薬物売買グループはその情報を得て、必ず見張っているだろうと予測した。手筈《てはず》通りアパートに向かわせ、なかで待つ香南子らと入れ替わり、逃亡するように見せかけて外に出る。事件課と薬対課は、襲撃があれば即座に応戦し、わざと一人だけ逃がしてアジトであるマンションに駆け込むよう仕向けた。そして部屋に入ろうとしたところを襲撃犯の逮捕という名目で飛び込んだのだ。

日にちがなく、令状を取るだけの物証がない以上、こういう形で一斉摘発するしかなかった。

主犯格の男は、バレてるなら仕方がないとぺらぺらと喋り始めた。

「あの女達はここでは古株で、顧客のことも薬のことも色々知っているんだ。新しい外交員を作る際にも役に立つから切り捨てるのももったいないし、警察の目を躱《かわ》すことさえできればいいと俺らも考えたんだけど、どうもおかしな具合になっているようだって、昼過ぎになって連絡があったからさ」

「その情報に従って拘置所から出る二人を待ち構えていたら、案じていた通り逃亡しようとした、だから強行手段に出たって訳ね」

こくんと首を倒すのを見て、事件課のメンバーは小さく呻く。その情報の出所を聞きたかったが、この場ですることではないと控えた。

薬対課の課長と富岡班長が頬を引きつらせている。特に富岡にとっては、相当ショックなことだろう。薫が立てた今回の計画に最初は激しい抵抗を見せた。当然だ。自分のSを使って情報操作しろといわれたのだから。

けれど、薬物売買を行う半グレグループに、芦尾らの釈放を伝える術《すべ》はそれしかなかった。富岡のSが一度は芦尾らが薬物に関与していると知らせながら、後に窃盗の間違いだったと訂正したのと、逆のルートで伝えるのだ。

Sに芦尾らの釈放と、そのために検察となんらかの取引をしたらしいことを情報として流す。Sが別の人間に伝える。情報を聞いた人間が今度は半グレグループに連絡し、対応するよう指示した。

「それで、その連絡は誰から受けたんだ」

富岡が我慢できずに震える声で問うた。だが、さすがに半グレの男はかぶりを振った。なにがなんでも喋る気はないという態度を見せる。

「誰から聞いたのか、いえ。いわないか、この野郎っ」富岡が逆上したように大声を張り、拳を振り上げ、蹴り飛ばそうとした。課長や他の捜査員が引き剝がし、押しとどめる。無理やり外へ連れ出し、別の捜査員が主犯の男を連行した。課長が深い息を吐く。薫を見ずに、「あとはお宅らの仕事だろう」と悔しそうに呟いた。

「はい。ですが、そちらの取り調べもいずれ必要になるかとも思います」

課長はぐっと歯を食いしばり、頷いた。

サイレンが鳴り響く。残った捜査員が、証拠類をかき集める。事件課の六人は、部屋の真ん中で立ち尽くしていた。

道下が床にあったものを拾い上げる。

保険会社の名入りのクリアファイルだった。幸福生命でもなく、グランドライフ生命でもなかった。

6

一斉摘発の翌日、早朝、九久見署刑事課課長、藤堂一雄警部は自宅から県警本部事件課に連行された。

取り調べには垣花が志願した。事情聴取は薫がすると誰もが思ったが、他にすべきことがあるから頼むと千夜にいった。千夜は大きく胸を上下させると、「わかりました。任せてください、必ず、全てを聞き出します」と応えた。

これまで感じた、揺れるような気配は見えなかった。千夜の目に強い力が漲《みなぎ》っている。警察官の目だ、と薫は思った。安心してあとを任せ、田中を連れて本部をあとにした。

田中は運転しているあいだ、なにも尋ねようとはしなかった。それだけ薫の態度に緊迫したものを感じたからだろう。

大貫署の駐車場に入ると、いつもとは違う雰囲気が庁舎全体を覆っていた。今日は土曜日だから、本来なら当直員しかおらず、署は閑散とし、静まりかえっているものだ。だが、一階では制服を着た警官がばたばたと走り回っており、駐車場には今にも出発しそうな態勢の車両が並んでいる。

「そろそろ終盤ですね」と田中がいう。

「え」と戸惑うような声を上げると、田中が逆に、え、という顔で不思議がる。

「明堂係長、今は春の全国交通安全運動期間中ですよ。六日から始まって、この土日が最後の休日になるから、全署交通課を中心に色んなイベントや一斉取締りが行われる筈です」

「あ、そうか」

ついこのあいだまで、交通課の係長をしていたのに、うっかりにもほどがある。こういう全国一斉に行われる、官民協力し合っての啓発運動は非常に大切なものだ。警察官たるもの把握しているのは当たり前の話だ。

「そうだった」

「この暑さじゃ、くたびれそうですね」

まだ朝だというのに陽射しは強く、春というよりは初夏のような熱気が放射されている。

「交通安全運動ね。なら、地域課も全員出勤よね」

「そうですね。土日は公休になるのが多いですが、今日はさすがに一係も日勤で全員出てきているでしょう」

「行きましょう、田中」

「はい」

　薫は署の裏口からなかへと入りかける。ふと足を止めた。田中が怪訝な顔で尋ねようとしたとき、薫は顔を赤くし、まさか、と呟き表情を固めた。慌ててスマートホンを取り出す。

「どうしたんですか」

「そうよ、交通安全運動なのよ。そういうイベントに音楽隊は欠かせない」といって、薫は電話に出た相手に口早に叫んだ。

「塙係長、すぐに場所を訊いて、無事かどうか確認して。今すぐ、急いで」

　電話を切ると薫は、思い過ごしであればいいけど、と呟いた。

　二人は階段で四階へと向かった。普段の土曜とは違う騒然とした雰囲気が広がって、廊下のあちこちから声がした。

　ノックもせずに地域課の待機室のドアを開けた。日勤勤務員が配置に就くべく集まっている。二十人はいるだろうか、ほぼ全員が出勤しているのだ。テーブルに着いていたり、立ったまま話し込んでいたりしている。そのうち何人かが薫らの姿に気づき、困惑した表情を見せた。もう、苛めの件は片がついたのではないのか、まだなにかあるのか、という顔つきだ。

　隅の席に村木の姿があって、薫は人をかき分け近づいた。声をかけると席を立ち、室内の敬礼をした。

「訊きたいことがあります」

「なんでしょう」

雑談の声が唐突に止み、部屋が一瞬で静まった。なにが始まるのだろう、まさか
村木主任も、と囁く声が聞こえる。

「こちらにも生命保険の外交員は来ていますよね」

村木は、じっと薫を見つめ、小さく頷く。

「この待機室まで来るのかしら」

「──たまにですが」

「最近は、署内の奥まで来ないようにお願いしていると聞きますが、この大貫署は
ずい分寛容なのね」

「はあ」

「こちらに出入りしているのは、ヤマト生命保険よね」

村木は黙っている。

ヤマト生命保険会社は昨夜、薬対課の取り調べのなかで挙がった会社のひとつだった。警察署に出入りしていることもわかったが、まだどこの署かは確定されていなかった。だが薫は、それがこの大貫署なのだと、はっきり告げた。隣に立つ田中

がことの重大さに気づいて何度も唇を舐める。すぐに深い呼吸をし、どんなことにもすぐ様対応できるよう、余計な力を抜いて集中した。

薫は村木を正面に見つめ、静かな口調で尋ねる。

「以前、ここの食堂で昼食を摂っているとき、ヤマト生命の女性外交員を見かけたのよ。まさか待機室まで上がっているとはそのときは知らなかった。村木主任、その保険会社をここへ立ち入らせることを許したのは誰なの？　保険外交員をあなた方に接触させたのは誰ですか？」

村木は立ったまま、薫を見返す。その目は虚《うつ》ろに揺れ、なんの感情もないように見えた。答えをいいそうにないとわかって、薫から告げる。

「一係の係長、持田恒人警部補ね」

えっ、と声を上げたのは田中だけ。地域課員に動揺はない。みな知っていることなのだ。

「九久見署の藤堂刑事課長の経歴を精査していたら、持田恒人の名前が出てきたのよ」

「藤堂課長？」

村木は突然の名に怪訝そうな表情を浮かべた。

「藤堂一雄は今、別件で取り調べを受けています。それには薬物が関係している。

持田係長と藤堂は同じ大学の先輩後輩の間柄だった」

二人はずい分前、同じ刑事課で働いていたことがあった。

当時は、持田が係長で藤堂の上司だった。ひとつの事件があった。持田の指揮の下、藤堂らが捜査をし、犯人を無事確保したが、その後、あるまじきミスが起きた。監査課の調査事項案件としてそのことは記録に残っていた。

証拠となるデータの入ったUSBメモリを失くしてしまったのだ。当時は、証拠品の取り扱いが杜撰で、自宅に持ち帰って資料を作成することも頻繁に行われていた。持田がなした失態で、事件そのものに影響はなかったが厳しい処罰が下されていた。持田は別の署の地域課に異動し、藤堂は事件解決に貢献したということで昇任後、本部へ異動となった。

監察調べでは、持田が藤堂を庇ったのではとの付記もあった。だが、突っ込んで調べるようなことはしておらず、持田一人が処分を受けた形で終わっていた。二人は先輩後輩として信頼し合う仲だった。将来のある藤堂のためを思って持田が責めを負ったことも充分あり得る。藤堂は恩にきていただろう。頼れる先輩と、それからもなにかと相談したり、お酒を飲み合ったりする関係が続いたようだった。

薫は詳しいことは述べず、「わたし達は持田係長こそが主犯だと思っている」と告げた。

村木が呻く。

「持田は半グレを使って薬の売買に手を染めていた。そうね？」

ええっ、と驚く声が部屋じゅうに沸き起こったが、そんななかで瞬きもせず蝋《ろう》のように顔色を白くさせたのがちらほら見えた。純粋に驚く顔と同じ数ほど、怯え惑い、苦悶《くもん》に表情を歪ませている者がいる。それが十人ほどもいることに田中はぎょっとしながらも、素早く周囲をねめつけた。薬物に関わっている人間が思った以上にいるとわかって、田中は戸口の前に立ち塞がり、体勢を整えた。もし、逃げようとするならこの体を張ってでも取り押さえる。そんな気迫が滲み出たのか、何人かの課員が身じろぎ、その場でうな垂れる。薫は田中に頷いて見せ、再び村木へと視線を向ける。

「持田係長は、藤堂課長も巻き込んでいた。もしかして村木主任、あなたも仲間なの？」

村木は口の端を上げ、くだらないという風に首を振った。

「確かに俺は愚かで、女房子どもに見捨てられるような人間ですよ。若いころのように、熱意を持って職務に当たることもできなくなった。だが、警察官であることまで捨てた訳じゃない」

その言葉を聞いて、薫の肌が粟立《あわだ》った。家庭を失い、大切なものを失ったことで不安や寂しさに苛まれ、仕事への意欲を失いかけた。村木の失意の心情は、薫にも理解できる。だが、理解できても許せないことがある。それは警察官の責務を蔑ろにすることだ。

なにがあろうとも、人命に関わる職務であることを決して忘れてはならない。その戒めがある限り、使命感は埋火《うずみび》のように残り続ける。そして糺《ただ》すべきものを前にして、それは再び強く、熱く盛《さか》るのだ。

薫はかっと目を剝き、大声を放った。

「ふざけないで。目の前で犯罪が行われているのに、知らん顔をして口を噤む、そのどこが警察官であるというの。務めを果たすことを止めたとき、あなたはその資格を失った。警察官であることを放棄したのよ。そんなあなたを我々の仲間などと図々しいにもほどがある。どんなときも愚直なまでに誠実に任務を遂行しようとする、多くの警察官達を貶《おとし》めるんじゃないっ」

村木は息を吞み、微かに仰け反る。

持田恒人は、村木がそんな人間だと気づいていたのだ。なにがあっても、村木は自ら行動を起こすことも、声を上げることもしない。そのことで村木もまた、加担したことになるのだが。

村木は初めて、人間らしい感情の揺らぎを見せた。見て見ぬ振りをしつつも、悔しい気持ちはあったのだろう。気づいたときにはもうどうしようもない状態だったと、弁解にもならないいい訳を吐いた。村木が見つめる先には、言葉もなく悄然と顔を伏せたままの同じ一係の仲間がいた。関与していなかった者は、そんな同僚らの姿を見て、石のように固まっている。

「若い人のいる職場、仕事のキツイ職場」

薫は、マンションの一室をアジトにし、薬物売買の指揮を取っていた半グレに向けて放った言葉を、ここで繰り返した。その言葉を呟いたとき、頭の隅でそういう仕事をしている人間は近くにもいると気づいたのだった。

「仲間だからリークするような真似はしたくなかったというのでしょう？　それなら村木主任、どうして静谷永人を見殺しにするようなことをしたの」

村木は、目を瞑り、唇を噛んだ。

「首を吊るとは思わなかった。きっと、追いつめられ、全てを告白するだろうと思ったんだ。あいつは真面目なやつだから」

「真面目な青年、持田係長の評価は間違っていなかったようね。だけどその永人さんが、甘んじて苛めを受けていたということは、彼も大麻に手を出していた？」

「したとしても一度きりだろう。奥山交番での失態で酷く落ち込んだとき、正岡主任か曽根辺りに唆され、断れずに手を出した、大方そんなとこだ。すぐに後悔し、それ以降、誘われても頑として仲間には加わらなかったようだ」

「そこに持田係長が曽根らに、ちゃんと引き込めと指示をしたのね？」

　村木が頷く。

「どれほど痛めつけても永人さんは応じず、拒絶し続けた。だけど、自分も大麻をやったという負い目があるから、本当のことを訴えることもできなかった。持田は、ひとまずあなたと組ませて、様子をみようとしたのね」

　村木はなにが行われているか気づきながら、見て見ぬ振りをしていたから。村木を見習え、同じようにしていろと、持田はそういうつもりだったのだろう。だから、静谷永人を元取の交番へ村木と共に配置した。

「ああ。だが、曽根らが業を煮やして、再び痛めつけ始めた。そして連中は、静谷の弱いところを突いたんだ」

「姉の静谷朱里ね。もし、告発するようなことをすれば、お前だけじゃない、ヘタをすれば姉にも累が及び、もうカラーガード隊員ではいられなくなるだろう、バレれば姉弟揃って警察を去ることになる、そんなことをいったのでしょう」

　永人は、朱里の演舞を見たとき、応援され励まされていることをちゃんと感じ取っていたのではないか。そんな姉の思いを知っていたから、苛めにも屈せず、仲間にもならず抵抗し続けた。けれど、と喉の奥をひりつかせながら呟いた。

「今年が、朱里さんにとって最後の一年だということを知っていた。そして二月には、日本代表として海外遠征に行くことが決まったことを知った。それを潰すようなことだけはできない、どうあってもしたくなかった。朱里さんに、再び、自分のせいで辛い思いをさせたくなかったのよ。だから」

　薫の声が途切れたことに、村木は不審そうな目を向けた。朱里と永人のあいだにあった哀しい行き違いについて知る者はここにはいないだろう。ただ、そのせいで曽根らの脅しは、予想以上の効果を見せた。

「あなたはいったわね。首を吊るのは、二進も三進もいかなくなったからだろうと」

　村木は力が抜けたように椅子に座り込む。

「その通りだと、わたしも今なら思える。静谷永人巡査は追い詰められ、もうどうしようもないと、諦めてしまった」

　張りつめた空気のなか、深い沈黙が落ちた。そこに、後悔と恐ろしさに震える薬物使用者の、呻くような声だけが微かに聞こえる。

　薫はそんな地域課員の姿を見渡して、低い声で面罵した。

「あなた達はいったい、なにをしているの。その紺の制服を纏っている限り、なにがあっても、なさねばならない使命と責任がある筈でしょう。そのことを忘れ、辛いとか疲れたとか、そんなことから逃れるためだけに、法を破り、偽りの快楽を手に入れたの？　そんな体で、どう務めを果たせるというの。その薄汚い手で、いったいなにが守れるというの」

薫は唇をぎりぎり噛みしめ、大きく息を吸い込む。そして背を伸ばすと鋭い声で指示した。

「ここにいる一係は全員、この場に待機っ。すぐに監察から人が来る。誰一人、一歩もこの部屋から出ることはならない。いいわねっ」

そうして田中を振り向き、「地域課の部屋に行きましょう。持田係長を連行します」と告げた。

「はい」

「待ってくれ」と村木が叫んだ。見ると、村木は小さく首を左右に振っている。

「今日は、持田係長は休みを取っている。大事な用があるからと」

7

賑《にぎ》やかな音楽が響き渡り、歓声が轟《とどろ》いた。

県営の野球場では、スタンドに多くの観客を集めて、交通安全運動を盛り上げるイベントが行われている。

白いユニフォームを着た楽器隊によるドリル演奏。赤と白のコスチュームに衛兵のような帽子を被ったカラーガード隊の演舞。ゆるキャラの着ぐるみと子どもらのダンス。それらが華々しく賑やかに実施され、波打つような拍手で讃《たた》えられた。

蔦は滴る汗を拭いながら、フラッグを片手に球場奥にある更衣室に向かった。途中、朱里がいないことに気づいた。一緒に歩いていたと思ったが、いつの間にか姿が見えなくなっている。先に行ったのかと思いながら、ゆっくり歩き出した。

そのとき静谷朱里は、コスチューム姿のまま通路を走っていた。大事なフラッグは置いておく訳にもいかなかったので、そのまま手にしている。

演舞が終わり、観客に向かって敬礼をしているとき、あの男達の姿を見つけたのだ。

正岡、曽根、加藤。県警本部で事件課の聴取を受けた三人の顔は、どれほど離れていても見誤ることはない。なぜここに来て、音楽隊の演奏を見ているのか。退職届を出したと聞いていた。そんな三人が仲良く、音楽隊のイベントを暢気に見にくるなどあり得ない。恐らく自分への接触なのだ。朱里が放ったブラフに対する反応ではないか。そう思ったら、居ても立ってもいられなくなった。そっと隊から離れ、球場内の通路を走って、三人がいた場所を目指した。

やがて男達が背を向けて通路を歩いているのを見つけた。あとを追うと室内の投球練習場へと入って行く。ドアをそっと開けると、土を敷き詰めた小さなグラウンドが広がっていた。ドアの脇には緑のネットや整備用の道具などが置かれている。帽子を取って、ゆっくり歩を進め、周囲を見渡す。壁際のネットの向こうに正岡主任の姿があり、左手に曽根、右手に加藤が立っていた。

「そこでなにをしているのですか」

正岡は足をひきずりながらこちらに近づく。

「なあ、嘘なんだろう？　弟が自殺に関することでなにかを残したっていうのは」

とまるで懇願するように問いかけてくる。

朱里はその顔を睨みながら、手をコスチュームの上着の裾へと回した。まるでそこにポケットでもあるかのように。

「弟がわたしになにもいわないまま、死んだりすると思いますか」と答える。しかも、と言葉を続けた。「あなた方がこうしてわたしに接触しようとしたこと自体、既に認めているのではないですか」

「認めているって？　なにを」

「弟の、静谷永人が死ぬことになった理由が別にあることを」

「理由は俺らが苛めていたからだ」

「いいえ。それだけなら、今さらわたしに近づく必要はないですよね。永人が死ぬことになった本当の訳がある。それを公にされたくないから、ここにきた」

正岡がじっと考え込むようにして朱里を見つめる。「それじゃ、その理由ってのを聞かせてもらおうか」

「あなた方自身で監察に供述してください。そうしなかった場合、わたしが告発します」

正岡は首を左右に振って、吐き出すようにいう。

「やっぱり、この女はなにも知らないんだ。静谷が残したものがあるなんて話ははったりだ。俺はそういったのに、バカ丸出しじゃねぇか」

曽根が加藤と顔を見合わせ、渋々のようにいう。

「ですが、はっきりさせてこいと、もち……いや。とにかく半端なままにはできないでしょう」

朱里が曽根の言葉尻を捉える。

「なんですか。今、なにをいおうとしたんです？　あなた方以外にも誰かいるのですか。その人物が今回の事件の主犯なんですね」

ちっ、と誰かが舌打ちする。正岡が手を振っていう。

「いや、そんな者はいない。ともかく、静谷の姉さん、このまま黙って引き下がってくれんか。俺もこいつらも警察を辞めた。もうそれで納得してくれんか」

「誰ですか。あなた方に指図している人物は」

三人が少しずつ朱里に近づく。じりじり後ずさり、室内練習場の真ん中へ押し出される形になる。フラッグを両手で握って真横に構えた。

「正岡主任、ともかくポケットになにか持っているみたいだから、それを奪いましょうよ。証拠さえなければなんとでもいい抜けられる」

「うう……乱暴なことはしたくないんだが、仕方がないな」

曽根と加藤がぱっと両脇に散った。挟み打ちにして朱里を押さえるつもりだ。じょじょに近づき、飛びかかろうと体を伸ばしたとき、朱里は手にあるフラッグを握って左右に大きく振り回した。左下から右上へ、半円を描き右からなぎ払うように左へ。更にスピードを上げ、激しく回転させて二人が近づくのを封じる。加藤が飛びかかったが、ポールの先で顔面をしたたかに打ちつけられ、声を上げてうずくまった。

それを見た曽根が慌てて踏み込むのを止め、反撃されたことに正岡も驚いた表情をした。フラッグの動きを目で追い、間合いをはかって正岡が踏み出す。たちまち凄まじいスピードでポールの先が顔をかすめた。仰け反り、思わず尻もちをつく。曽根が舌打ちする。

すると、怒声が響いた。全員が一斉に振り返り、朱里は出入り口に立つ男を見つける。誰だろうと思っていたら曽根が、「持田係長」と呼んだ。

朱里にはわからなかった。わかるのは、この男が恐らく永人を追いつめた主犯なのだということだけだ。

「なにをもたもたしているんだ。どうせこんなことだろうと思ってきてみれば、案の定だ。お前らの杜撰なやり方には愛想が尽きる」

三人が困惑したように視線を交わす。

「ともかく、急いでここから離れるんだ。いつ誰が来るかしれないんだぞ」

「えっと、どう」曽根がいうのに、またバカか、と怒鳴る。

「さっさと女をここから連れ出せっていってるんだ。人目のないところで脅しつければ、この女も観念するだろう。車で来てるんだろうな」

「はい。駐車場に」

「だったら早く女を押さえろ」

「ですが」と加藤が赤く腫れた頬を撫でさすりながら声を小さくする。持田は舌打ちすると、隅のボックスに畳まれている緑のネットを指した。

「頭を使え。これで制圧しろ」

曽根と加藤が慌ててネットを手に持ち、正岡と共に朱里を取り囲んだ。広げられたネットを見て、朱里は思わず後ろへ飛び退るが、あと一歩間に合わなかった。投げつけられたネットにフラッグの先端が引っかかり、動かせない。はっと思ったら曽根らが飛びかかってくるのが見えた。全身で抵抗するが、いきなり頭に衝撃を受けた。

「あんまり乱暴なことはするなよ」と正岡が苛立たしそうに呟くのが聞こえた。ふらついたところを一気に押さえこまれ、地面に転がされる。

持田と呼ばれた男が近づいてきて、土に顔を押しつけられた朱里を見下ろすのがわかった。

「わたしはもう少しで定年なんだ。たった一度のしくじりで一生涯冷や飯を食わせる組織のやり方には我慢できなかったが、それともようやくおさらばできる。これからは裏の世界から警察を利用して、大いにもうけさせてもらう。楽しく愉快に暮らすことになっているんだから邪魔しないでくれよ」といった。

「でも係長、この女がいったことははったりかもしれないんですよ」と正岡がいいかけると、持田が、「うるさいっ」と怒鳴った。

「こんな真似して今さらなにもないですむか。大丈夫だ。弟のことをばらされたくなければ黙っていろといえば、大人しくなる」

「ああ、なるほど」

朱里が聞き咎めて、どういうこと、と震える声を発した。

「曽根っ、加藤、さっさとしろ」と持田がいい、先に歩き出す。引き起こされそうになるが、朱里はネットにくるまれながらも渾身の力で抵抗する。正岡は、額を血で濡らす朱里をネット越しに睨んで囁いた。

「あの係長はな、警察官の皮を被った悪党なんだ。俺は唆されて薬に手を出した。それが間違いだった。間違いだったが、もう逃れられなかった。脅され、仲間にされ、他の同僚にも薬を勧める真似をした」

「それってまさか、永人にも？　嘘よ、そんなこと信じられない」

正岡は憐れむように首を振った。

「静谷に元気が出るからと勧めたのは俺だ。あいつは悔いて、こんなことはいけないと反抗したが、脅せば黙っているだろうと考えた。俺もそうだったからな」

どうやって脅したかわかるか、と意味深な口調で問う。朱里ははっとした表情を浮かべ、唇を激しく痙攣させた。

「そうだよ。姉さんが巻き添えになってもいいのかと脅したんだ。だが、まさか首を吊るとは思わなかった」

あんたのためを思ってあいつは死んだんだ、その気持ちを大事にしてやれ、死んだあとまで弟を辱めるようなことはするな、と正岡が諭すようにいう。朱里はきつく目を瞑って嗚咽《おえつ》を漏らした。脱力するのを見て、正岡はほっと息を吐いた。

正岡が事件課に目をつけられたとき、持田に走れと小声で指示された。いわれた通り走ったら、いきなり階段の上から突き落とされた。病院に付き添った持田は、ああするしかなかったと笑った。ぞっとした。こいつはもう警察官じゃないと思った。だがもうどうしようもなかった。刑務所には入りたくない。たとえ入ることにはならなくとも、懲戒免職となれば退職金はもらえない。今後のことを考えれば、それだけは避けたかった。

正岡は曽根らと共に、赤と白のコスチュームを担ぎ上げる。

「なにしてるのっ」

いきなり声がして、三人はぎょっと全身を強張らせた。見ると出入り口から誰かがダッシュで突っ込んでくる。そのまま体当たりしてきたから、朱里を落として地面に転がった。

いち早く起き上がったのは、三十代の女だった。手に特殊警棒が握られているのを見て警察官だと知る。正岡ら三人は逃げ出しかけるが、すぐ側から鳥の雄叫《おたけ》びのような声がして飛び上がるほど驚いた。振り返ると、今度は若い女が落ちていたフラッグのポールを両手で握り、まるで刀のように差し向けている。

こちらも見知らぬ顔だったが、躊躇している暇はない。まず曽根が血走った目で、やけくそのように突っ込んでいった。一瞬早く、女が爪先で地面を蹴ったのが見えた。フラッグが翻ったと思ったら、曽根の上半身が大きく仰け反り、女の体が脇を走り抜けた。どうと地面に倒れ込んだ曽根は、喉の下辺りを押さえながらのたうち回る。女は軽快に身を返すと、さっとポールの先を正岡へと向けた。正岡は、その場で両腕を挙げる。

「ぐえっ」という叫びが聞こえて視線だけやると、さっきの三十代の女が特殊警棒で加藤の腹を打ち、地面に組み伏して腕をねじ上げるのが見えた。

「塙係長っ、一人逃げます」

道下が叫んだ。香南子がさっと顔を上げると、曽根が喉を押さえながら出口に向かって走っている姿が見えた。外に消えたと思ったら、すぐに転げるように戻ってきた。そのあとを田中が追ってきて、勢いのまま曽根を殴りつけ昏倒《こんとう》させる。うしろから薫が姿を現し、練習場の隅で茫然と立っている男へ目をやった。

「持田恒人、傷害の現行犯で逮捕します」

8

グレーの事務机を挟んで千夜は、藤堂一雄と向き合った。横に垣花が立つ。

九久見署刑事課の部屋で見たような毅然《きぜん》とした姿はなく、体もひと回り小さく見えた。

「どうしてですか」と千夜が訊くと、藤堂はシャツの袖をまくり、苦笑いした。

「罪を犯した人間に、そういう訊き方はないな。物証を示し、やったか、どうやってやった、仲間は誰だ、首謀者は誰だと問い詰め、最後に情状もあると匂わせるようにして動機を訊くのがセオリーだ。なあ、垣花」

藤堂がちらりと視線を流すが、垣花は口を引き結んだまま睨み返す。

「お教え肝に銘じます。県警の刑事らから目標にされるほどのあなたが、薬物犯罪に加担し、依頼されて芦尾ナオ、上野水穂をやってもいない窃盗の罪で逮捕、送検した」

ああ、違うな、と藤堂は指を立てた。「そんな風に自分でなにもかもいうべきじゃない。あくまでも本人にいわせるんだ。それに、依頼されて、なんて断定するのもよくない」

千夜は、わかりました、と頷く。

「では、藤堂さん、ご自身で述べていただけますか。それとも物証を確認してからにしますか」

藤堂は、鬚《ひげ》の生え始めた顎をひと撫でし、千夜を見据える。

「お宅、捜査経験は？」

首を振って、「警務畑でした」といった。僅かに目を瞠るが、すぐに頬を弛め、そうかと頷いた。

「事件課最初の案件だ。みっともない真似は止めよう。最初から話すから、垣花」

「はい」

「ちゃんと記録しろよ」

「もちろんです」

それから藤堂は、持田係長と繋がりができたときから順々に要領良く話し始めた。途中、千夜が、「当時の持田係長はどんな方だったんですか」と訊くと、懐かしそうな目をした。

「あの人こそ刑事のなかの刑事だったたな。俺はまだ刑事になって三年目、捜査というものを一から教えてもらっているところだった。犯罪をひたすら憎めといわれた。そして警察官であることの強さと弱さを感じながら、被疑者に向き合えともいわれた」

「弱さ？　ですか」

「ああ。拳銃の所持使用や職質、逮捕の権限を与えられた者として、その職務を遂行することの不安や重責から生まれる弱さと、公僕という立場にある者が持たねばならない慈しみの心と、なにがあっても守るのだという決意という名の強さ。その二つをもってして警察官は警察官でいられる、捜査刑事として犯罪を一掃することができるのだと教えられた」

「持田係長が藤堂課長を庇ったのは、その慈しみの心でしょうか」

藤堂は目の下を痙攣させ、その心の揺れを表出させた。

「そうかもな。俺には刑事としての未来があるといわれ、まだ若かった俺は唯々諾々と従った。今思えば、バカなことをした」

「素直で真面目だったのではないですか」

どういうことだ、という風に目をすがめる。

「つい先ほど、大貫署の地域課員が大麻及びその他の薬物使用について自白したと報告を受けました。静谷永人が、気が晴れるからと上司に勧められ大麻を使用したのも、彼が素直で真面目だったからかもしれません。思いやりから手を差し伸べてくれたのだと信じた」

あの自死した巡査か、と藤堂は呟いた。そして目を伏せ、顔をひと拭いした。節くれだった大きな手を見ながら、千夜はあえて感情を込めずにいい放つ。

「静谷永人はまだ二十四歳でした。素直で真面目な青年であり、職務に熱心な警察官でした。けれどあなたのような強さはなく、自らの命を絶つことで終わらせるしかなかった」

藤堂は机の上に肘を突き、頭を抱えた。

「持田係長から薬を勧められ、あなたも使用したのですか」

本部に連行され、尿検査を受けていたがまだ結果は出ていなかった。だが、藤堂は頷いた。

「使用した。大麻に始まって、ドラッグ、覚せい剤までやってみた。自分で経験して初めて薬物中毒者の気持ちがわかった」と卑屈な笑いを見せた。

「動機は、家庭の問題ですか」

はっとしたが、すぐに頬を弛め、だからなんでも自分でいうな、といった。千夜は小さく頷き返す。

藤堂の母親が認知症になったため、引き取って面倒を看ることになった。だが、藤堂の妻と母親は以前から関係が悪く、世話もいい加減なものとなった。それを注意すると逆に、これまで仕事にかまけて家のことを放っておいた藤堂を責め始めた。そんな妻の非難と母親の介護から逃れるため、いっそう仕事に打ち込み、誰とも顔を合わさないよう夜遅く帰宅するようになった。気づくと妻は家を出て行ってしまっていた。残された藤堂と娘で母親の面倒をなんとか看ていたが、入所できる施設を確保したときには心底疲れ果てていた。介護から解放されたとほっとしたのも束《つか》の間《ま》、警察から一報を受けた。大学生だった娘が売春をしているというものだった。慌てふためいて身柄を引き取りに走った。連れ帰って問い詰めたら、娘は半グレの情婦となって、売春以外の犯罪にも手を染めていた。半グレから引き離すために、あらゆる手段を講じたが、そのひとつとして持田にも相談を持ちかけたのだ。

「そのとき既に、持田係長は例の薬物取引をする半グレグループと親しくなっていたんですね」

「そうだ」

「そのことをどう思いました。諫《いさ》めなかったんですか?」

藤堂は赤い目で睨み返したが、すぐに俯いた。

「訊けなかったな。持田さんが道を踏み外したのが、俺を庇って警察で不遇の扱いを受けるようになったせいなのか、なんてことは訊けなかった。あれほど刑事に拘《こだわ》り、刑事であり続けようと思っていた人を俺は知らん。あの人の人生を狂わせた責任を取ることも、恩を返すこともできない」

「だから、持田係長のしていることに目を瞑った」

「ああ。しかも持田さんはその半グレを使って、娘に付き纏っていた半グレを排除してくれた。俺は持田さんと以前よりも強い繋がりを持つことになった。複雑な思いだった。激しく後悔したがもう遅い。あれこれ悩み考えると夜も眠れなくなった。

そんな俺に持田さんは薬をくれたんだ」

そういって鼻から息を吐くように笑った。「あとはもう、お決まりの転落一途だった」

「お決まりではありませんっ」

千夜がテーブルを打ちつけ大声を放った。垣花が、思わず肩をびくっとさせる。

「あなたは踏みとどまるべきでした。その辺に転がっている犯罪者と同じではないんです。さっきあなた自身がいったように、強さも弱さも合わせ持つ警察官として、なにがあっても悪行を正し、罪を犯すものを告発しなくてはならなかった。あなたが道を踏み誤ったのは娘さんの問題でも、持田係長に負い目を感じていたからでも、眠れぬ日々に怯えたからでもありません。これで楽になれるかもと、自分の心にある硬く頑丈な警察官の本分という門を自らの手で開け放ってしまったからです」

千夜は瞬きを忘れ、無意識に制服の胸にある章を強く握り締めた。

「警察官人生のほとんどを刑事として生き、多くの捜査員の目標とされるまでになっていたあなたは――あなたは、なにがあっても、踏みとどまるべきでした」

藤堂は赤く染まった目を細めて背もたれに深く身を沈めると、顎を撫でようと右手を挙げた。その手が小刻みに震えているのを不思議そうに見、そのまま静かに下ろした。

第五章

検査を終えた朱里が戻ってきたのを薫は病室で迎えた。

「待っていてくださったんですか」

車椅子からベッドへ移るのを看護師が介助するが、朱里は不自由なく動けているように見えた。穏やかな顔で、「検査をして問題なければ、念のため今日一日入院して明日は帰っていいそうです」といった。

「そう。良かった」

事件について問われるだろうと薫は口を閉じて待ったが、朱里は触れることなく、「係長や事件課の方に助けてもらったこと感謝しています。ありがとうございました」とだけいって僅かに歯を見せた。朱里の笑顔を見たのは初めてかもしれない。綺麗な笑みだがどこか作り物めいて、却って寂しくなる。薫の気持ちを察したのか朱里は、ゆっくり窓の外へ顔を向けた。

もう夕暮れで、雲は鮮やかな朱に染まっている。

「わたしはどうしたら良かったのかと、今も考えるんです」

口元に笑みをのせたまま呟かれた言葉だったが、まるで涙がぽつんと落ちたように聞こえた。薫はパイプ椅子を広げて座る。

詳細までは知らなくとも、静谷永人が薬物に手を出していたことは既に耳にしたようだ。そして、永人が告発することもできず命を絶つことになったのは、姉のことで脅されたせいだということも。

朱里は当然ながら、両親を事故で亡くす原因となった永人の行為を恨んでも責めてもいなかった。

「永人はわたしがなにをいっても、本気に受け取ろうとしなかったんです。我慢をしている、責めたい気持ちを抑えているのだと、そんな風に思っていました。ちょっとした口喧嘩の果てに、本当は恨んでいる癖に嘘を吐くな、といわれたときは、まるで自分が責められ、罵られている気がしたものです」

「辛いことだわ」

朱里は視線を手元に戻し、両手を組み、ほどきを繰り返す。

「わたしは高校生で、大学受験を控えていたから段々面倒臭くなって。嫌われたいなら勝手にそうすればいいと放っておくことにしました」

「永人さんは、あなたに憎まれた方が気持ちが楽になると思ったのかもしれないわね」

朱里は、痛みが走ったかのように身じろいだ。「そうだと思います。でも」

朱里の大きな目に一瞬で涙が盛り上がったが、溢れ出ることはなかった。その代わりに細い喉から切ない声が迸る。

「憎める訳ないじゃないですか。たった一人の弟なのに。どうして憎んだりなんかできますか」

永人自身、心を病み、長く寝込んだのだ。熱に浮かされながらも、看病する朱里に向かって、何度も謝り続け、怒っているよねと問い返したのだ。そんな弟を慰めてやれない朱里も相当辛かっただろう。

「不思議なもので、勝手にしろと思い決めると拒絶する態度が当たり前になって、自然と口も利かなくなりました」

朱里は、いずれ時が経てば元の仲の良い姉弟に戻れると信じて疑わなかった。だが、思いとは裏腹に永人は傷を深くしていった。そうと気づいたのは、彼が朱里と同じ県警の警察官になったと聞かされたときだった。

「永人は小さいころから絵を描くのが好きで、将来は漫画家かイラストレーターになりたいといっていました。優しい子で、喧嘩はもちろん大声を出すことも、人といい争うことも苦手な子だったのです。それが警察官になるなんて」

償いたいという気持ちが極まって、姉と同じ警察官の道を選ばせたのだ。

「子どものころ、永人さんは綺麗なお姉さんが自慢で、危ない目に遭わないよう自分が守るのだといっていたそうね」

朱里は不思議そうに目を瞬かせる。永人が同僚に昔話を語ったことを告げると、そんなこともありましたね、とまた笑ってくれた。

「あなたの側であなたの役に立ちたいと思った」

薫がそういうと、ゆっくり首を振る。

「わたしは永人にそんなこと望んでいません。あの子に警察の仕事は合わないと思ったし、自分の好きな仕事を選んで欲しかった。考え直してもらおうと、わたしはいっそう冷淡な態度を取るようになりました」

「……口では、いえなかった？」

朱里は、同じことです、と哀しげにいう。「両親のときと同じように、わたしが無理に、心にもないことをいっていると、またそんな風に思い込むに決まっています。それに」と顔を上げ、薄墨色に変わった雲をじっと見る。「長くまともに口を利くことも顔を合わすこともなかったから、どんな風に会って話せばいいのかわからなくなっていました」

「そう」薫にはかける言葉が見つからない。

時がいつか解決すると思ったのに、その時が二人を隔ててしまったのだ。

「でも、応援したい気持ちもあったのでしょう。カラーガードの演舞を見に来た永人さんに向かって、あなたは心からのエールを送った。違う？」

朱里は頬を硬くし、唇をきつく噛んだ。全身をわななかせ、短く呻き、そして絞り出すようにいった。

「元気にしている姿を見たら嬉しくなって。とても嬉しくて、抑えきれなかったんです」

永人も姉のフラッグが力強くはためくのを見て、自分達姉弟の繋がりは決して断ち切られていないと思ったのかもしれない。喜びの余り控室まで出向いたくらいだから。だけど、そこでもまた思いがすれ違った。

薫は雲の切れた空へと目を移した。涙にくぐもった声がした。

「わたしはどうすれば良かったのか。永人が死んでからずっと考えているんです」

そんなことは止しなさいといってあげたい。心から思うけれど、唇は動かない。身も心も千切れるほど深い後悔を味わい、これから先も延々と懊悩《おうのう》し続けるだろう。そんな朱里の気持ちを止めることは誰にもできないし、また自らを責め続けていないと今の朱里は立っていられないのだ。かつての永人がそうであったように。

窓から涼やかな風が吹き込み、夜が広がりつつあった。

薫は立ち上がって、ゆっくり休んで、とだけいう。病室のドアを閉めかけたとき、震える声が聞こえた。

「誰よりも、大切に思っていたのに、永人——れなくて、ごめん」

四月十五日をもって十日間の春の全国交通安全運動は終わった。春と秋に特に盛大に行われる行事だが、今回に限っていち早く忘れ去られることになったのは残念だった。

現職警察官の集団薬物使用、若い女性を保険外交員に仕立てて薬物売買を行わせていた半グレグループ、更にはその一味に刑事警察の幹部がいたことなどが連日報じられ、世間は沸き返った。

県警だけでなく、検察までが昼夜関係なく取り調べに動き、事件の解明が急がれた。様相が明らかになるにつれ、各種メディアによる報道合戦も激烈さを増し、監察課は対応に追われて毎日のように記者発表を行った。余すことなく事実を公にしてもネット上には警察批判に加えて、個人へのいわれのない誹謗《ひぼう》中傷が数限りなく掲載される。本部サイバー犯罪対策課によって摘発されたものもあったが、それらはひとつも話題に上らなかった。

捜査の主導は刑事部に移り、事件課は協力という名の後方へ追いやられた。垣花や道下は不満の声を上げたが、薫は、今回のことで県警本部内に警務部事件課の存在を知らしめたことは、大きな成果であったと思っている。

薬物使用に関与した警察官の送検がすみ、全員に処分が下されてから二週間余りが過ぎた。

県警本部の近くにある小学校の校庭で、音楽隊のドリル演奏とカラーガード隊の演舞があると聞いて見に行くことにした。復帰したばかりの静谷朱里も出るという。そうと知って二人の係長は応諾してくれたが、三人の部下は遠慮するといった。せっかく休みがもらえたのに物好きな、という目で見つめ返されただけだった。

青天の下、子ども達がその整然とした動きや朗らかな楽器の音色に歓声を上げる。カラーガード隊が鮮やかな色の大振りの旗を振り回し、目まぐるしくフォーメーションを変えるのを輝くような目で見つめ続けた。

ラストに、V字隊形を作ったメンバーが揃って子ども達に向けて敬礼を送る。朱里が薫を見つけて微笑んだ。

「夏の遠征にも行けるんでしょうね」と香南子が訊く。

隣にいる子どもが、真似て敬礼を返している。その姿を見て笑いながら千夜が、

「今日の演技を見ている限り大丈夫よ。ですよね、明堂係長」と答える。薫は頷き、

「海外遠征まではね」といい差して止めた。二人が揃って顔を向ける。

「その遠征が終わったら警察を辞めて、田舎に戻るようなことといっていたわ」

「え。そうなんですか？」香南子が驚く。千夜も残念そうな表情を浮かべた。

わぁーと、子どもたちの声が響き渡った。退場する音楽隊に手を振っている。香南子がなにかいった。薫は音楽隊に向けて拍手を送りながら、なに？　と訊き返す。

「朱里さんは、本当に警察を辞めるっていったんですか」

「ええ。田舎で伯父さん夫婦と一緒に暮らそうと思っているそうよ。これまで、弟さんが側にいてあげたように、今度は自分が一緒にいてあげたいって」

「そんな」と香南子が目を吊り上げる。「駄目ですよ。彼女は将来のある、いい警察官です。まだまだここで活躍すべき人ですよ」

「わたしもそう思うけどね」と薫がいい、千夜も頷く。

「わたしが今から説得しに行ってきます。絶対、辞めさせません」

そういうなり香南子は、校庭を子どものように走って行った。

千夜はそんな姿を見つめながら、「とにかく続けてみるしかないですね。この先どうなるかなんて考えているよりも、彼女のようにまず体を動かしてみたらいいんですよね」という。

薫が不思議そうに見つめ返すと、更にいう。

「明堂係長」

「うん？」

「わたし、この仕事、本当は好きなんです」

「そう。わたしもよ」

「ずっと続けてゆきたいと、そう思っています」

薫は笑み、このあと飲みに行かない？　と誘った。千夜が頷いてくれたことに、ほっと胸を撫でおろす。あとで、香南子にも声をかけてみよう。

可愛い声が、噴水のように噴き上がる。

目を向けると、カラーガード隊員が数人残って、子どもらにフラッグを見せていた。なかの一人がフラッグを横八の字に振り回し、じょじょにスピードを上げる。何色もの色が混ざり合い、美しい羽根を広げる一匹の蝶《ちょう》の姿を見せた。そしてフラッグを止めると、そのまま真っすぐ青い空に向かって勢い良く突き上げる。チムニーだ。

ポールの先が太陽に触れ、まるで光を持ち上げているように見えた。

※この作品はフィクションであり、登場する人物・団体・事件等は、すべて架空のものです。

本書のプロフィール

本書は、小学館文庫のために書き下ろされた作品です。